北岳诗库

孔令剑

— 主编 —

碎　　　　　片

HOU YAN
WORKS

侯燕 ———————————— 著

山西出版传媒集团　　北岳文艺出版社
BEIYUE LITERATURE & ART PUBLISHING HOUSE

·太原·

图书在版编目（CIP）数据

碎片 / 侯燕著 . —太原：北岳文艺出版社，2018.9
（北岳诗库 / 孔令剑主编）
ISBN 978-7-5378-5677-5

Ⅰ．①碎… Ⅱ．①侯… Ⅲ．①诗集－中国－当代
Ⅳ．① I227

中国版本图书馆 CIP 数据核字（2018）第 210538 号

书　　名：碎　片
著　　者：侯　燕
策　　划：续小强
责任编辑：关志英
特约编辑：李　飞
书籍设计：张永文
印装监制：巩　璠

————————

出版发行：山西出版传媒集团·北岳文艺出版社
地　　址：山西省太原市并州南路 57 号
邮　　编：030012
电　　话：0351-5628696（发行部）
　　　　　0351-5628688（总编室）
传　　真：0351-5628680
网　　址：http://www.bywy.com
E - mail：bywycbs @ 163.com
经 销 商：新华书店
印刷装订：山西万佳印业有限公司

————————

开　　本：890mm×1240mm　　1/32
字　　数：143 千字
印　　张：6.875
版　　次：2018 年 9 月第 1 版
印　　次：2021 年 1 月山西第 2 次印刷
书　　号：ISBN 978-7-5378-5677-5
定　　价：39.00 元

策划人语

　　"诗歌出版"是北岳文艺出版社的重要传统。前有"黑皮诗丛"，后有"天星诗库"，皆为中国当代诗歌杰出诗人之重要出发地。更有"外国名诗珍藏"，如今依然为广大诗歌爱好者所珍赏。

　　"北岳诗库"赓续如此光荣传统，其目光聚焦山西诗歌这一繁盛沃土，其旨在于不间断展示山西诗歌创作实绩，更瞩望为山西诗人造一清静小园。

　　"北岳诗库"，是我们探求共建共享出版模式的开端。大风吹宇宙，红日照高山。祈愿"北岳诗库"，如恒山一般，巍然耸立。

续小强

2018 年 2 月 2 日

目 录

第二辑　生命感悟

第四辑　唐宋新韵

附录

第一辑　岁月拾遗

碎 片

1

我身披着一条鲜艳的花红纱巾

漫步在原始森林中

我不是漫游

不是将城市中的一氧化碳

在这缓慢生长的苍翠的林中

吐故纳新

我不是，不是

我是在寻访

寻访千年的佛僧

是否在今天还能让我倾听

倾听如乐般的木鱼诵经

和碎裂的声音

2

蜘蛛网如古人丝绸之旅遗落的粗纺

将树与树的手臂

在空中交织、相握

3

东岩寺，为何在千百年来
被时间断裂成灰暗的碎片
随意地抛洒一地
遗失在苍儿会

4

残留的石阶歪斜地躺着
坍塌的石窟
已无主人的身姿
破败的墙壁再不能遮风挡雨
一块块破损之砖
似一个个倒下的壮士
那如黑狮倒伏的残碑
碑文依然清晰
我不由得抬头仰望
那雕刻者是否隐身在空中
看着赞不绝口的来访者惬意
昔日的辉煌
犹如战后的废墟
那位佛教徒因何拂袖而去

5

这些遗落在荒野的碎片
是否会被一群群来访者捡拾

6

我静静地倾听
倾听世事沧桑
倾听风吹树叶的声音
倾听野花寂静地绽放与守候

7

时间使岁月化为一把利刃
将一个来访者不小心割伤
它割伤了历史
也割伤了天空
天空一直默默地下着小雨
是在诉说着曾经的辉煌吗

8

是啊，时间会撕碎一切事物
并使一切坚固的东西烟消云散

2017-9-3

雪莲花

我想成为你
我在梦里不知探望过你多少次
在天山脚下
在悬崖峭壁
在白雪皑皑的山谷
在戈壁的碎石间

你冰清玉洁一生苦寒
却总是高傲地昂着头
不屑于我的来访
也许,你把我归结于
每年成千上万的掠夺者队伍之中
我不怨你

今天,我远道而来
千里迢迢翻山越岭
不是掠夺
只为汲取
汲取也是一种掠夺吗
不,我不伤害你

我要汲取你的能量
好让我在苦涩的生活中
抵御严寒
在历经沧桑之后
身心依然冰清玉洁
如你

今天，太阳似乎也如约而至
它的来访，缤纷了高原
更显你碧玉冰魂
让匍匐在你周围的雪也晶莹剔透
光芒四射
让虽是冰天雪地的世界
温暖而清爽

我的双眼被这一景致刺痛
感慨，感慨苍宇
如此把雪域高原轻描淡写
我却为追寻你的空灵与高洁
把生活之笔
握得如此之紧
以至攥出血来

你明察秋毫
随便张开一片花瓣
就能嗅出妖魔鬼怪

嗅出天使与凡俗

你就是天使

所以你总是鄙视

鄙视那些满目铜锈之辈

仰望，我已经习惯了仰望

仰望你的玉姿

我的心似乎铸就成一把利剑

那握剑的双手

集聚着无限的力量

披荆斩棘

横扫一切黑暗

仰望，我再次仰望

仰望天穹雪花漫舞

它轻柔地，轻柔地

贴敷到我的脸上

让因燃烧而滚烫的肌肤

传导一种精华

泅润身心

疗愈我的芳华碎影

幸福和忧伤

2018-1-19

8

老 屋

经年的老屋
坐落在大孝堡乡芦北的村口
在我随民盟"送法律下乡"时
特意去看望了它

荒凉的院落杂草纵横
坍塌的院墙七零八落
破败的房屋已遮不住风雨
墙中的神龛寂寞地闲置
隔断了与上苍的私语

爷爷的马车早已不知去向
那两棵喂养我童年和梦想的枣树
早已无影无踪
那盛酸菜和高粱擦尖的浅碗
带走了岁月
带走了姊妹们"五碗过关"的喜悦

隔壁的大叔
一个耄耋之年的老人

一个从小和父亲一起长大的伙伴
带着我讲述流失岁月的记忆
和岁月舀走积蓄多年的情感

骨瘦嶙峋的树枝
在寒风中挣扎
扭曲的身姿
仿佛在告诫人们岁月不复返的无情

风在吹
老人在回忆
我的心在痛

2011-10-5

黄河古道

记忆从远古走来
在黄河古道轻轻踏响
晋陕两岸经贸之音

阳光照在黄河水面
清晰了风的足迹
一层层涟漪
带动思绪飞翔

历载风烟掠过
凸凹不平的不仅仅是这千年古道
还有这沧波之边
沐浴风雨的我

隐约的号子声
随风飘起
悄悄地吹醒春天的目光

事过境迁的重踏
是否惊醒了古人的睡眠

风中凝望的倒影
被黄河之水柔软

这破损的古道旧船
千百年来依然生动温和
一个远道而来之人

2006-6-26

冬日的阳光

下雪了
抑制不住激动
奔出窗外
脚步不由自主地跳跃着
舞蹈着
三十多岁了
童真，还没有被年龄锁住
不安分地溢出心外
蹈成一朵花
开在脸上，如雪
冬日的阳光
温馨地灿烂着
灿烂成一首优美高雅的诗
被雪的音符高高低低朗诵着
生命　家园　远方　雪

1997-12-8

父 亲

当年驰骋于球场的矫健背影
而今迈着蹒跚的步履
曾经指挥千军万马的手臂
如今握着一根龙头拐杖

每个月从银行取回一辈子熬下的碎银
赶不上老板餐桌上的一顿菜肴
很多战友陆陆续续地在路上消失了
最年轻的也不过二十几岁
当年那风度翩翩的少年
已垂垂老矣
曾经那英姿勃发的面孔
如今也渐渐布满了皱纹
真乃岁月沧桑
沧桑岁月

你总爱坐在街头
看看下棋
看看棋盘两岸风云之较量
观观行人

观行色匆匆与优哉游哉者的生活际遇

晒晒太阳

让太阳的光芒温暖这最后的路程

你总能在其中找到自己当年的影子

你总爱在夜深人静的时候

静默中回首往事

那军号的急促与铿锵、悠扬与嘹亮

那红五星的闪耀与绿色的军装

特别是那擦了又擦挎在腰间的手枪

总是让你把笑容绽放

还有那军歌的洪亮

总在耳旁回荡

这岁月如歌

如歌的岁月啊

渐行渐远

在何时消失……

2010-1-18

寻访剧作家的足迹

垂柳的姿态

撩拨一季的思绪

随风飞扬

定向舒展

那是朝圣的殿堂

你还好吗？

桃花的绽放

芳香了一年又一年

总在不经意时

把一段记忆温暖

你现在可安？

历史就这么巧合

你因《三上桃峰》而被流放

该上的时候你被下放了

又因《下河东》声名远扬

无论是大批判或是大宣扬

上上下下的体验

绝不是乘电梯的感觉

那两次无声的泪流
冲刷的是什么？

你培养的学生
如桃花般绽放在梨园舞台
是与桃花情有独钟
还是一种机缘，一种巧合
或是上苍所赐？
你的归宿是那样的浪漫
与桃花共眠于一方
你多幸福呀！

每年初春
你都在桃花的簇拥中
笑看人生
这是一个何等大的舞台

2006-4-8

豆角穰

缘着玉米强健而丰满的躯体

攀附

让所有的缠绵

通过一条笔直的路

洒在这绿色的梦里

语言无须表白

沉默的目光

早已写出醉人的诗句

为了由来已久的心事

默默地攀缘上升

那一缕缕的情丝哟

随风摇曳得痴痴醉醉

1991-8-1

千年情

这是千年景区
这景区的千年历史
在这幽静之地
静默了千年

那些听见或听不见的厮杀声
或远或近
那些看见或看不见的昔日繁华都景
或清或浑

风过树梢的沙沙声
似阅兵场上士兵的步履
胡服骑射的英雄
让一个放牧狩猎的民族
在这里崛起

谁曾想
一个匈奴部落的汉子
以身高八尺有四的身躯
竟能汇集天下名士

使一方僻静的左国城
成为汉国闻名的辉煌之地
让今日的离石走进汉史

辽阔的草原
辽阔了一方水土
和这方水土上的胡人
碧绿的家园
养育了一代又一代草原牧人
让他们的生活
也如这草原一样
碧绿如春

2010-11-17

白桦林

这片白桦林
似乎在刘王郓山挺立了千年
它们彼此守望，围成一片
似乎在固守着那段消失的历史
诉说着刘渊屯兵吴城的故事

常常，白桦树也借着风的力量
舞动着身姿
用细碎的声音
合唱着颂曲
让一个伟岸的身影走进这片土地

一棵棵白桦树
以身着铠甲的姿态
以军人的气质
捍卫着这片绿色家园
挺拔高大的
不只是刘渊的形象
更是一段历史

我仰视着这片白桦林
那斑驳的肌肤
似乎睁着眼睛
穿越千年
洞穿我——
一个来访者的疑虑
那挺立百年的身躯
已让这绵延不断的岁月
成为历史

2010-11-9

落叶松

微风吹来
松叶轻轻摇摆
像雪花一样飞舞着
脱离了母体
结束了有阳光、有雨露、有母体温度的岁月
落地无声
却躺在同伴的肩头

落叶松的体香弥漫着
似幽婉的乐曲
讲述着刘王郓山变迁的历史
不知是否有人能懂
这哀婉的曲音
竟与生命有关

我的心也随着这漫无边际的落叶遐想

阳光静静地洒在身上
洒在这落叶缤纷宁静的山野
我一直在问一直在想

落叶松的生存方式
以及蕴含的意义

松林载着阳光
阳光载着岁月
岁月载着千年历史
谱写的不仅是刘渊屯兵的故事
还有生命的乐章

2010-11-11

独坐白桦林

一个人坐在倾倒的白桦树上
会想许多事
偶尔也会想到自己
发现许多东西已随着岁月消失
却不知它是如何消失的
就像这千年景区
那汉国的开国皇帝刘渊
他指挥千军万马的手臂
和驰骋草原的骑士
英姿何时定格在后人的心中
定格在历史的墙壁
那象征着游牧民政权的宫殿
何时被岁月风化
成为后人的感叹、崇拜与敬仰

阳光透过树叶照在脸上
也照在周围皆带黄金甲的无名花上
我发现，在这孤山
并不与牡丹争妍

与白桦比高的花卉
用美丽的身姿静静
绽放着自己的梦想
而我，一个常常把梦丢失之人
羞与花对视

一个人静静地坐在这倾倒的白桦树上
这是否也是刘渊赏花时常坐的地方
如果不是
那他熟读《诗经》《左传》的姿态
轻财好施的本性
及慈善之心
能与这花无关？

阳光透过树叶照在脸上
那千年的历史渐渐温暖
温暖一个外来人的思想

2010-11-12

春天的约会

多少年了
不曾和这座城市亲近
那高楼大厦的背后
潜藏着多少儿时的身影
掩隐着多少故事
让这缓缓打开的回忆
轻轻诉说　诉说

多少年了
不曾与海子坡对话
那莲花的茎部
一节一节
倾诉着我
藕断丝连的问候

多少年了
不曾近距离倾听
倾听滏阳河的水声
那流动的脉搏
常在我体内汹涌

贯穿我的生命
如今，我回来了
终于能够零距离亲近
一座城　一条河　一群人

让我用
诗一般的语言殷殷对话
春风般的柔情款款诉说
我回来了，我回来了
在五月，在春天
激情的翅膀
飞抵魂牵梦绕的小城

凌晨三点
在乍暖还寒的站台
一句乡音的问候
让五月的早晨春意融融
一张熟悉的面孔
就把我推入岁月的隧道
让我穿越时空

迎着朝霞的召唤，一路上
这岁月的门扉
被久别的乡音轻叩　轻叩

二十六年的风霜

涂改着既熟悉又陌生的面孔
二十六年的岁月　未曾
让这座城在我的梦中悄悄消隐
这腌透的乡情
终于从我的眼角舒展

车窗外的小雨
加重着春天的呼吸
一种滋润
被带盐的情感
润心无声

车啊，你慢些　再慢些
让这两行温热的泪
柔和在这万行的雨丝中
让这无限的温情
在思绪万千中沉默
燕子　终于回到了
起飞的地方

2004-5-8

返回家园

这激情的翅膀

飞遍每一个角落

这噙满泪水的双眸

抚摸每一寸土地和肌肤

这飘飞的思绪

带着曾经放飞梦想的粉色花季

再一次和着滏阳河的水

一起跳动

把二十六年前的景象

逐渐放大、拉近

老同学的一支老歌

在房间里回荡

敞开的回忆

四通八达

思绪的鸟

衔来一件件往事

在眼前翻飞

加深着怀念

如柳絮般在体内

飞散、堆积、发酵

这流失的岁月
在现实与梦境中返回
惊搅了黑夜的寂静
疼痛和喜悦伴着月光一起流淌
连接着我和诗歌
不断扩展、扩展……

2004-5-21

无　题

你走了，一步一步
那负重的步履
如林冲带枷远徙
渐行渐远的背影
遮挡了通往内心的光芒
我的问候远道而来
还未抵达你的耳边
已散落在遗憾里
我寻遍记忆的角落
渴望拾回你丢失的笑脸

这么多年
不知你凝重的额头
承载着多少事物
不知你忧郁的眼神
饱经多少风霜
一声叹息
如风吹动树叶的声音
在我体内上下翻动
我细瘦的颈项

难以支撑沉重的思绪
缓缓靠在女友的肩上
向着内心深处倾听
灵魂撞击往事的声音
无数个影子
被春风吹来吹去

出来走走吧，儿时的伙伴
让春风将你纷乱而稀疏的头发
梳理一下，开启你的心门
春天来了，春风开始走动
冰雪消融，燕子返乡
草木，由枯而荣

2004-5-23

飞回的鸟

我儿时的伙伴
你还好吗
为何你沉重的步履
敲痛我的心房
为何你欲说还休的眼底
若有所思而终归沉默

一曲歌
能唱亮你的生活吗
一首诗
能否抒发你内心的沧桑
一只鸟
回到了它起飞的地方

2004-5-23

路　上

依然行色匆匆

依然顶风冒雪

忙碌之人

缺少了与雪的秘语

飞扬的白羽飘不出诗情画意

依然按时上下班

依然认真地做事

忙碌之人

缺少了与雨的私呓

细雨缠绵

浇灌不出浪漫的思绪

依然与青草、花朵擦肩而过

依然与小溪、鸟语擦肩而过

依然与蓝天、白云擦肩而过

依然与美好的阳光

溶溶月色擦肩而过

……

忙碌之人
其实，擦肩而过的不只是这些
还有比黄金更珍贵的青春
和岁月年华

2009-5-27

方　向

总是忙
忙于很多与己无关或有关的事物
忙得晕头转向
忙得丢失了自己

偶尔在一次雨中
被雨固执地不厌其烦地敲打
才恍然醒悟
才发现现在的脚步
早已偏离了启程时的方向

2009-5-28

军用瓷缸

一段记忆总是在不经意间

闯入心田

像锄头一般

在心的田野耕耘

翻晒着陈年往事

翻起的土壤依旧潮湿

承载着许多青春岁月中

军营的故事

野营拉练、实弹演习

和经常午夜时分紧急集合后的行军

这个搪瓷茶缸

无论多么遥远

只需一缕情丝就把它拉近、拉近

平日里，它静卧在桌前

陪我们学习，观我们言行

渴了，它就是水杯
浇灌我们的生命
由一颗青苗
苗壮成为参天大树
为祖国和人民
无论在风雨交加　或者
在和平的日子里
遮风挡雨

晨起，它就是牙杯
清洁我们的口腔
言洁行正

节日里或者庆功宴会中
它就是酒杯
无论是屡建功勋
或乡愁与远方的思念
都会举杯共饮，对酒当歌

野营与拉练中
它就是行军中的乐器
与其他什物的碰撞
奏响人间最美乐曲

而今，它满载着我的芳华岁月
载着百炼成钢的退伍不褪色的誓言

依然浇灌着我的心田

滋润着我的灵魂和

苦乐年华的生活

2011-11-3

军号嘹亮

从十八岁起
就用军人的步伐
丈量人生的纬度
用耀眼的领章、帽徽
提炼血液的纯度
无论何时
只要想起
栉风沐雨的双脚
就能踏响军号之音
嘹亮生活

2006-8-4

雪与菊的私语

一个温暖的午后
常常被琐事忽略景致的我
被"菊花傲雪"拽住
一下午迷失在花境
偷听雪与菊的私语

雪覆盖冷苍的菊
用来自上苍的方式演绎
一尘不染的爱情
诉说铢积寸累的内心秘密
长长的词语汇成清澈的小溪
丝绸般匍匐在菊的足下
清凌凌吟唱

我一直在听
冰雪中的另类风姿
怎样表白心事
那羞红的爱意
怎样丝丝缕缕芬芳一个冬季

让我一个局外之人

也美美地醉了一回

2005-11-23

寄三毛

浪迹天涯

以传奇的色彩

飘零了五十九个国家

到头来，终于疲倦于艰难的跋涉

选择了第六十个生命的风景点

雕塑自己

或许，你

再也托不住沉重的思念了

流淌了六年的眷恋

得到了什么

一生的寻寻觅觅

蓦然回首

那昨日的风景

已失去了色彩的艳丽

1993-1-10

人在秋季

朋友走远了
便有了思念
有了牵挂和怀想

天蓝了
便生出梦的翅膀
生出无边无际的遐想

往往，思念在缄默中
越来越深
常常，翅膀因飞翔
逾高逾沉

谁都想用勤劳之笔
绘出亮丽的人生
谁都想用自己的喉
唱出生活最佳音

时间，在拼搏中日升月落
道路，在曲折中春暖秋寒

誓言，已让时间风化
风浪，已在心底沉沦

生活，无边无际
梦想，无边无际
风雨，载我覆我

2002-3-21

秋 草

秋天荒了
秋天在久旱的北方荒了
旱得太久了
地球的皮肤裂了
触摸不到带湿的血迹
只有秋风肆虐

眺望荒野
小草早已被季风吹干
枯体，昭示一种悲哀和无奈
颤悠悠在风中萧立
是思念遥远的大海吗
干枯坚硬的脉搏在地层能伸展吗
白云，雨会来吗
这生命之源
为何不由自主
这风蚀的岁月
找不到春天的影子

等待，是生命中的唯一

信念，是支撑生命的源泉
苍天，你看到了吗
不死之魂
等待雨季
因为，云儿已捎来雪的消息

秋深了
寂寞深了
痛也深了
雪还远吗

2001-10-3

一棵树在秋季

翅膀断了
羽毛飞落一地
秋风的刀太锋利了
肆虐地挥舞着
被风干的树枝扭曲着
支离破碎
低垂的颅骨
抬不起往日的辉煌
疼痛，已被秋风撕裂得麻木
没有知觉

我伫立在树的身旁
看沧桑岁月
怎样在它的额头
雕刻季节
看秋风寒雨
怎样绞尽脑汁
残杀生命

我，拾一片落叶
寻找来年复苏的脉搏

2001-10-11

太阳与葵

阳
如火的炽烈
如血的灿烂
俯瞰着山
俯瞰着山中小小的葵

一缕缕锋芒
如刀刃
穿越云层
穿越空间
直抵葵

葵伤了带着醉意
抬起因燃烧而充血的脸
面对阳别无选择
从此，便失落了自己
心中独守一轮雄性的阳

白昼里
它仰望长空

仰望生命中的阳光

从东到西　专注而痴迷

不屑风的私语

不屑雨的蹂躏

爱的种子

日渐饱满

黑夜里

无名的失落

涨疼了情愫

低垂的头

压弯了相思　于是

无声地祈祷

在心中

冉冉升起

如旗

只因距离太遥远

炊烟也无法捎去信息

悠悠替葵

飘着忧郁

1995-9-18

第二辑　生命感悟

冬 季

总在岁月之外倾听
黑色蝴蝶扇动春情的声音

岁月之外更寒冷
凛冽的风
是锋利的刃
层层剥蚀着灵魂

我看见
紫色的血
撕裂魂灵
瘫卧于季节之外

冰层下还有柔情之水吗？
寒冬，一双渴望的眼睛

1997-12-16

空

这片海域被洗劫一空
没有游走的鱼
没有腾空而起的豚
就连小虾小蟹也逃遁得
无影无踪

空，更显辽阔、湛蓝
空，更显天高、云淡

那一望无际的海岸线
不再有浪花的声音
那爱如潮涌的波涛
不再拍击心岸

就在那个下午
那个风和日丽的下午
那个春意盎然生机勃勃的下午
那个鸟语花香静享时光的下午
那个千头万绪不知所措的下午
突然间

心的海域被洗劫一空
没有欣喜没有哀怨
没有幸福没有悲伤
心　死海一般

2017-8-10

中 年

看什么都与太阳的西斜有关

做事情总要掂它的重量

前方的路清晰明朗

激情早已挥手作别

化作青春河里的一朵浪花

在记忆的深处飞溅

似乎该说的话少了

该做的事多了

2003-8-5

冬 夜

朋友相聚

总是把友情浓浓地倒入杯中

用 45 度的烈酒

把夜灌得很醉

把冬季挡在门外

把跌落在岁月深处的心

——扶起

让覆盖过雪的灵魂

在这里纷纷脱落

温暖如春

让走过风雨的脚步

在这里喘息

如港停泊

让曾经折断的翅膀

在这里医治

重返天空　翱翔如鹰

红红的脸庞

在火辣辣的情愫中

绽放笑颜

在意切切的语言中
燃亮生活
一句话
一个眼神
就把春天唤来
让生活中的苦水
过滤的只剩下一个字——醉

酒杯斟满溢出阳光
蒸发的液体
友情的深度怎能测量

雪，在窗外醉舞着
被友人的话语
点点滴滴
平仄成诗句
抒情地书写　今夜
灿烂的冬季

2004-1-9

天涯共此时

一桌蓄满月光的中秋月饼
一怀蓄积已久的思念
在烛光与檀香中袅袅上升
在夜与月的凄景中细细诉说
远方的人
倾听，还需语言吗

独倚窗前明月
独傍诗歌入眠
远方的人
诉说，还需语言吗

邀月为客
邀风为琴
谁家的鞭炮惊跑了佳人
这十五的月亮
一颗玫瑰之心

2001-10-1

桃花傲雪

一夜的寒霜
把初春的肌肤涂厚
让刚刚绽放的桃花
如怀春的少女
垂下羞红的头颅

我，如被佛净化
美丽的思绪
似乎在一生的等待中
随雪飞扬

很久很久听不到时间的脚步
看不到桃花之外的世界

我以为时间和雪一样
能掩埋一些事物
而这飞飞扬扬的飘落
一次次敲打我的内心
敲打着一些人和事

2006-4-27

雪

经过一夜寒窗的酝酿
白云的六角小诗已脱稿

1990-12-1

握 别

轻轻一握
相见不知是何年
凝重的微笑
无声的语言
都是铅
眺望的目光
只见一路尘烟

轻轻一握
友谊握在手指间
挥一挥手
让多风的季节走远
看看天，月色缠绵
看看夜，清风拂面

2000-11-19

别　友

几日的相聚
化开了多少冻结的思念
语言之河从未间断
缓缓抵达心岸

相握时刻
说不清是苦是甜
总有种道不明的涩感
缠绕之间

挥挥手，就是天涯海角
就是无情的眷恋

也许，距离是种美
让跨越时空的信函
编织经纬
翱翔其间

1995-6-8

致友人

何必把相思
揉成一团
揣在心里
让那烧焦的岁月
痛苦地折磨自己

何必把爱
托给圆月
那丰满的含情折射
曾刺痛了
多少黯然神伤的目光

既然相思红豆已经成熟
何必匿藏于心的一隅
即使凝望成一种风景
繁殖的情节也带有涩苦

打开信笺
让疯长的思绪长上翅膀
带去生命的凝重

也许，语言的溪流
会啜饮出甘露

1991-10-6

幸福时刻

一种凝望
停留在月亮上
看到的是月亮之外的事物

一种等待
没有结果
却时常驻扎在心里

一种语言
面对很多事物
从未发出过声音

一种思绪
穿越的
不只是黑暗，还有黎明

原来，幸福
无形、无影、无声

2005-7-10

爱

读懂了它
世界就变得明亮了
就有花草丛生了

1987-8-15

诗 人

长着第三只眼睛
有着第六感觉
一句浅浅的句子
就触到心灵深处
震撼的不只是一群人

幽暗的夜晚
诗比灯还亮
寒冷的冬季
诗比火还暖

旱季
比雨滋润
阴天
比阳更晴

是长着翅膀的鸟
是四季盛开的花

2005-7-10

向日葵

一种昂首
是在高扬一种精神
还是抒发一种心绪
那不可企及的高度
能被忠诚穿越吗

秋日释放的寒温
是寒彻一种情怀
还是温暖一缕情愫
岁岁年年葵在秋季
镌刻一种执着
那比金子更具光泽的忠诚
是一种绝唱吗
那么，碎裂的何止是花冠

2005-11-2

葵 花

总是对它情有独钟
无论走到哪里
看到它就要多望两眼

看它时眼睛就会走神就散光
一些事物就忽明忽暗忽远忽近
明的那样清晰如在眼前
暗的那样模糊似是而非
远的让人难以触摸
近的似乎如在梦中

人生有些事刻骨铭心
像无形的魂附在身上
平日里隐藏得严严实实
在你不经意时
似剑光一闪
让你疼痛得无言无语

而后带着伤痛
继续前行

2008-10-19

深 夜

闭上眼睛
便开启了另一扇大门
拥有了整个世界

思想的翅膀
在广袤无际的天空下翱翔
人生的舞台
序幕一次次拉开
一些人　一些事
争相上演

一个梦　一段情
一些故事　一些经历
走过的不只是一段路
而是人生

2001-10-5

夜 归

听着萨克斯《回家》的夜晚

归来的路

孤寂而迷茫

遥远的灯为行人亮着

油然而生的悲壮

被乐曲点燃

这乐曲不知燃着谁的思念

清月徘徊在汾河中央

踽踽独行

怀揣阳光

前方的路不再艰难

泪水浸泡过的岁月

抵御风寒

2003-9-6

落

深秋里
一片叶滑落
滑落一种生命
滑落翘首的眺望
在黑暗中躺着
风翻卷着黑色悲哀
为叶举行葬礼

萧瑟中
叶的等待是梦
沉默里的战栗
倾诉着恒久的眷恋

我
不忍听
借风的呻吟
捧起叶
越看越像我

1996-11-2

释 放

过去

总是用灿烂的微笑

诉说悲伤

用优美的歌声

消化伤痛

用贝多芬、施特劳斯、柴可夫斯基的乐章

医治创伤

靠着信仰

靠着执着

一路走来

用诗歌这枝玫瑰

释放一种爱

一种痛

一种逝

现在

一切都成为无形的财富

所有的经历

都是一剂良方

2004-1-17

压缩饼干

你属于雄性
是登山运动员的生命
高度凝练如古诗
一块储满矿物质的水晶

压缩爱情
压缩热能
压缩忠贞
简洁成一枚菱形

浓浓的香掺和着涩涩的苦
你便是生活的缩影
现代文明似乎不容你
你默默流浪在北极和人迹罕至的雪峰

我特意把你放置案头
夜夜伴着我澎湃的诗情
啃一口烧灼肺腑
你是阶梯助我不息地攀登

1996-2-8

超 脱

一种高浓度的感悟
一种超苦难的蜕变
一种灵与肉的升华
一种更健康的飞翔

2001-9-15

葵的气节

它的心是圆的
它表达的方式
永远密密麻麻写在脸上
如平仄的韵脚
交叉，而又一环扣一环

负重的头颅
使超负荷的身躯
艰难地支撑着一个梦
梦里梦外
放射着金灿灿的光芒

这高昂的头颅　被
带刺的阳光
灼得生疼
一年一度
被风翻新
炫目在旷野
昼仰暮俯

仰望是一生的事
那无法企及的高度
终生都无法接近
这种执着
比金子更具光泽

季末，密密麻麻的籽实　如
碎裂的爱情
散落在农家小院
放置在超市小店
这高贵的种子
终归被利欲熏心的商人
廉价叫卖
千疮百孔
而有谁能懂
这最后碎裂的生命绝语

原野上，依然绽放一朵
耀眼的皇帝般贵族化的
与阳同色的花朵
与阳对峙

2003-9-8

人生四季

春
温馨的季节
是家园

夏
思想的温度高了
那是思考得太多

秋
一片荒原
秋风撕裂过了
也没什么

冬
心中有阳光
寒冬就变暖

现代人
很多时候找不到家园
找不到冬天取暖的材料

孤独走过四季

或者丢失于某个季节

其实，活着就好

2003-10-11

短　歌

向夜交出心灵
心语轻轻地
轻轻地低语
滋润　干枯之魂

与心对话
与灵牵手
往事一层层打开
柔肠蠕动

久远的伤痕
隐隐作痛
洇湿
心上短歌

夜　深了情愫
情　浓了夜色

2003-9-6

思念无声

人，走远了才会有思念
情到深处
便无语言
孤独，不再是冰冷的词语
独守寂寞
心海广阔无边

天气晴朗，云高
情到深处，有爱

贮存的友谊
细细品味
如茶清香

贮存的经历
幕幕回忆
似一剂良方

贮存的思念
缕缕释放

像独看远处的风景

美丽而无声

2003-11-5

听 雨

雨丝

拉近了你我的距离

把久久藏匿的心事点燃

从清晨到黄昏

凝固成一种姿势

独在雨季繁殖

过去和未来的故事

2002-3-17

私 语

滴答的音律
敲击着远古的爱情
目光如线
把往事穿成情节
囚禁的思念
伴着理查德·克莱德曼的钢琴曲
如鹏展翅
飞翔于生活之外

雨丝是孕育已久的诗行
一串串落地为泥
便意味着埋葬

从生命的底蕴
涌出的嫩芽
打湿的情愫
挺拔高大一株白杨

寒冷的季风
能否代我问个安

漂泊的日子
疲惫而凄凉

1996-2-7

读 雪

雪中伫立
心灵的语片自天而降
纷纷扬扬
穿越时空、山川、沟壑
这是你跨越的问候吗？

心语不经意滑落
飘成一首诗
把冬季变暖
你是否也在冬季
读雪

2000-12-8

诗

没有文字的诗
写在心上
平平仄仄的语韵
将微醉的意象
抒写成高悬的月亮
伫立的情节很迷茫

午夜
仰望不再是简单的距离
而是一首朦胧的抒情诗

不知是我品月亮
还是月亮读我
冰凉的清辉
是滑落的伤感
弥漫的意象
挤瘦了月姿
凉飕飕的风
拥吻着伫立风景中的我

1996-8-26

思 念

是柳的风姿
狂舞着
酷似杨丽萍的舞步
挣扎于
深秋的寒风中
意象的迭出
被风切碎
前后左右的狂挣
终拼不圆那梦境
长长的柳须
抚不暖坚韧不拔的伫立

时间是
情感的风
越吹越沉
风停时才发现
斑驳满身

1996-10-9

目 光

余思

你从视线中消失
目光就已经黯淡
一颗柔弱的心
载不动凝重的日子

岁月日复一日地流失
期盼的梦支离破碎
断，如同夕阳贯穿生命
连，遥遥无期似无岸之海

合掌伫立
你的雄姿何时生动
重新镀亮
饥渴的目光

一种怀念
站在《圣经》与道德之上

1997-10-19

无 题

把一日的思念细数
在夜的背面
储存

在没有花的季节
生活便馨香着日子
被书抚慰

望穿双眼
只盼能有一双对视
默默，无言

1997-2-2

美丽的忧伤

爱凝聚在诗里

长短不齐

编织着情的丝带

季节更换，却难投寄

寻觅的虔诚

找不到归宿

独守一桩心事

期待犹如一片盐碱地

不朽的情节在这里

长不出宜人的翠绿

弯月如钩

相互伫望而清瘦

1992-10-3

你的名字

你的名字如酒
仅轻轻一声，便品出
好浓好烈好绵的眷恋
芬芳了世界
沉甸了日子
滋润了心田
如花，如铅，如露

1994-10-8

相　思

盼你
凝聚千种相思
连绵的日子
当心红豆会发霉
穿起石罅
长成一株你

1995-11-19

花 苞

错过了季节
开放只是一种梦想
沉默的花苞
在思恋中饱满
孤寂
却做着
五彩缤纷的梦

1995-11-5

红 豆

枕在黑暗的怀抱里
思绪如船
游荡在你影子的周围
理性的手拉着我
企图逃遁
不小心遗失一颗红豆
在潮湿的心田
膨胀、发芽
疯长了一夜

1995-11-20

不敢再馋压缩饼干

咽下的日子

心总是胀胀的

你雄性的质总往外溢

浓浓的香掺和着涩涩的苦

香与苦的交融

翻动如滚烫的岩浆

灼伤内脏

刺痛两池浊浊的酸楚

膨胀的伟岸　清晰

更显英姿

饱满的红豆

染红了秋季

一行行都是血汁

从此不敢再馋

压缩饼干

1995-11-21

飞 翔

我喜欢一个人
站在阳台观赏远远的山
把纷至沓来的思念放射给远方
相互熔铸的结果
想来总能温馨生命的每一部分
无悔无怨

我喜欢一个人
坐在沙发里把心事拨弄
独守一泓波澜
拍击心岸
供自己欣赏

我喜欢一个人
高枕而眠
做一次生命的飞翔

1993-11-21

雪

是秋雨的灵感
丰满了你的体魄
于是，在冬季
悄无声息
扰乱了我的梦

2002-2-30

生日快乐

今天，一个新旧交替的日子
一个年轮有痕的日子
一个在夜晚能听到新年钟声的日子
一个月亮藏匿的日子

乳白色的电话僵卧在墙角
宽大的房间
容纳不下纷乱的思绪

街上，川流不息的人群都闪现着你的面孔
一曲《真的好想你》
点燃了生日蜡烛
在人流之外
思想之内

1996-12-30

星 夜

因为你
心的芳草地疯长出太多的牵挂
所有的黄昏
所有的夜晚
不再黯淡
囚禁的思念是咽下的压缩饼干
滑落的苦涩
逐渐膨胀饱满

敢问夜空之星
何时我的天空灿烂

1995-12-28

守

静静地守着电话
守着一份情感
一份灼热的波澜
期盼一声清脆的声响
扰乱心律
烫红容颜

然后伟岸的你
飘然而至
相对而立无须语言
却也飘飘欲仙

时间之鸟悠悠而过
焦虑一点点儿点燃
一根丝线不停地绕在指间
搓着一份不安

1995-3-5

思　念

思念是一首悠长的乐曲
由近而远，伴着无声叹息

思念是一种迷蒙的意境
目视远方幻化成绚烂的春景

思念是激荡的歌谣
伴着你的声音四处漂泊

思念是无言的祝福
沉默中美丽着生活

1995-2-9

有些话总想对你说

有些话总想对你说
望着你如水黑眸
语言就躲躲闪闪，羞羞涩涩
你说你总想来看我
却总怕牵来很多目光
聚众的舌头
总在心里啃着那份情感
使你万分不安
有时你总想把心思摘下
送给我品尝

1992-5-5

总想给你挂个电话

总想给你挂个电话
递一声问候，一声祝福
人生之旅的一个驿站结束后
也宣告了青春走向岁月的金秋
在走向成熟的季节里
在另一个驿站的停靠处
愿你风风火火的拼搏
收获宏愿，收获一生的追求

总想给你挂个电话
送份友情，送份真诚
也许，你会忆起我们在优雅的氛围中
做心灵的散步
那些明明暗暗的语言
腼腆的太含蓄
心意总不敢从我们之间飘逸而过
使我们彼此在沉默中燃烧
新的情感体验总能顿悟很多
我听到有一种声音在你心中低吟

总想给你挂个电话
淡然地告别
留一潇洒的倩影
你的号码却无处可寻
我沿着一缕缕忆路走来走去
拾取的只是你片片身影
在我们相处的日子里
时间总是很饱满

总想给你挂个电话
道一声再见，一声保重
也许你匆匆的步履
给我遗下片片真情
使我萌出满藤满架的回忆
蔚蓝我的天空
温馨我孤寂的时辰

1992-1-22

雪 缘

我们相识在寒冷的冬季
雪的善诱缩短了我们的距离
清新的空气滋养着我们的心绪
后来，雪化了
便一天天下雨
阴沉的日子
潮湿了花期
孕育出一首首小诗

1990-3-5

你还好吗

你走后的日子
寂寞疯长
很沉很沉的思念
压弯了头
只为远去的你

放眼望去
让天空辽阔思绪
目光如网
打捞的全是你

1991-11-25

等你归来

相思走得很远很远
支撑着沉沉忧郁
远眺的心
走过期盼的风景线
等你归来

守望长夜
多么渴望你的臂弯
让疲惫的相思
停泊

表白心事
也许
无言是最好的道白
让最隐秘的那部分主题
放任自流
繁茂我们的血液
等——你——归来

1991-3-7

我不想

我不想是一把锁
封闭你那丰富而欢愉的灵魂

我不想是一个瑰丽的梦
让你永远永远也走不出

我不想是白藤
缠绕你本该是自由的心

我不想是海洋
让你的风帆永远游不出彼岸

我不想是一片云
昼夜笼罩着你的身影

1991-1-9

别无所求

把一颗心写进诗里

存给岁月

并不期望得到什么

只愿坦露的灵魂能收获真诚的利息

1990-1-1

内 疚

一直想爱护你
谁知却烫伤了你
留一块结疤的伤
这伤口，不断地
滴血，让血染红了你的思绪

编织一件毛衣送给你
本想是防寒的
谁知，它却成了
一线拉不断的情丝
一直拽到岁月的残冬

1985-2-9

遥远的注目

总是那个样子
望穿春夏秋冬

花儿开了又谢
草儿荣了又枯
朝朝夕夕反复

遥远的注目
虽然缩短了生离的距离
但复杂人生的体验
流出来的是血

静默在孤独时
目光里繁殖着故事
仿佛上帝索还流逝的岁月
于是，他捕捉着陈旧的历史
和那月色溶溶的记忆

1989-1-25

雨 季

也许是心灵使然
太喜欢雨季
那种滋润是由外及内的渗透

雨中
不愿坐车、撑伞、穿雨衣
只愿漫步或骑车冒雨前行
那冰凉雨珠的浸润
让心灵舒展
让思绪飞扬

惬意不经意间
被童真与放飞的思绪点燃
在雨的背后歌唱
久违的诗意
如雨般下着
点点滴滴
打湿了心
打湿了岁月过往

春天的故事走来
被雨滋润着
绽放如花
心语悄无声息
如雨般流泻
不需要谁倾听
只要雨丝就够了

1998-7-7

天堂梵音

真想躺在雪地
让雪覆盖

洁白的雪花手牵着手
丝绸般
轻轻地　轻轻地
覆盖一棵纯洁之魂
让世界
悄悄地　悄悄地
絮语
让心
静静地　静静地
倾听来自天堂梵音
让最高意义的快乐
渗透心灵
如雪　覆盖灵魂

疲惫的心
不再祈祷
任雪飘飘　飘飘

1998-12-21

第三辑　随乐而诵

"孝" "义" 颂

【题记】2007 年 1 月 1 日，在孝义市委、市政府大楼前，孝义市标志性的"郑兴割股奉母""义虎救樵夫"两座雕塑，隆重揭幕，特为揭幕仪式而作。

今天的胜溪阳光灿烂，和风拂煦，
今天的孝义蓬勃向上，充满生机。
此刻的府前广场庄严而热烈，
两尊雕塑树起了"孝·义"的标志。
凝望这栩栩如生的雕塑，
令人浮想联翩，敬仰神奇！
伴随着新年振奋人心的钟声，
让我们穿越时空，重温一段历史。

我们感谢唐朝孝子郑兴，
他割股奉母的孝行感天动地；
我们感谢黑脸虬髯尉迟，
镇守白壁大义归唐壮怀情烈；
我们感谢唐太宗李世民，
他御赐敕封的县名神圣无比；
我们感谢樵夫和义虎，

121

他们为这个县名增添了神奇魅力！

啊，孝义，孝义！
你从此书写在历史飘扬旗帜上，
镌刻在孝义人民的心里；
你从此深深扎根在这片热土上，
牢牢凝铸了大厦的根基。

啊，孝义！
一个美丽的名字，
几个动人的故事，
饱含着中华美德的意蕴，
唱响着古典与现代的韵律。
潇潇洒洒走进孝义大地，
演绎了孝义千百年惊天动地的历史。

走来了啊，走来了明代尚书霍冀，
让地三尺，仁义巷里显仁义；
走来了啊，走来了刘侯两家邻相居，
为朋友，锯树留邻讲义气；
走来了啊，走来了多少志士仁人，
走来了啊，走来了多少孝顺儿女。

带着金斗山的硝烟走来了啊，
毛主席指挥兑九峪战斗举起东征大旗；
燃着革命的火种走来了啊，

邓小平把抗日烽火燃遍孝义大地；
奏着汾孝战役的凯歌走来了啊，
孝义城头高扬起"解放"大旗；
伟大中华的母亲马牡丹走来了啊，
牡丹花在烈火中更加艳丽；
百岁老翁侯右诚走来了啊，
万众赞颂他集资办学的义举。
啊，古往今来，今来古往，
千百万英雄史不绝书可歌可泣！
一千三百八十年的历程，
引领一代代儿女孝行为先，仁义处事。

啊，孝义，两个金灿灿的大字，
积淀了几千年中华历史厚重的深意；
啊，孝义，两个沉甸甸的大字，
涵盖了亿万人民立业处事的根基。
啊，孝义，多么令人赞颂的美德，
闪烁着中华文化的韵意；
啊，孝义，多么令人敬仰的形象，
奏响了新时代的雄壮乐曲。

如今，行孝仗义，包容大气，
已经高扬成一面旗帜，
引领孝义人民，
在争创文明、百强奋进的征途上只争朝夕；
如今，行孝仗义，包容大气，

已经燃烧成一把火炬，

带领孝义人民，

在以人为本、构建和谐的进军中自强不息。

我们孝行为先，仁义处事，

把"孝""义"煅压成黄金熔入魂基；

我们孝行为先，仁义处事，

把增强素质，提高城市形象放在第一。

让孝义精神点燃思想，

催亿万裂变续写新的历史篇章；

让孝义精神再绽异彩，

激广大民众焕发勃勃生机。

让新年礼炮奏响，

威武雄壮的乐曲——

开拓创新，锐意进取，

构建平安、文明、富裕、和谐的孝义；

让锦绣篇章再次揭开，

一段崭新的历史——

干群团结，奋发向上，

建设经济、政治、文化协调发展的孝义。

2006-12-21

（此诗与梁镇川先生合作）

一个城市的根基

【题记】2008年4月3日上午，由中央文明办，中国文联，山西省人民政府，孝义市委、市政府联合举办的"弘扬孝道文化，构建和谐孝义"广场主体教育活动在府前广场隆重举行，五百名学生在广场朗诵。

女：今天，我们站在这里，腾出自己的内心
　　不是观赏桃红柳绿、赏心悦目的美景
男：今天，我们注目肃静，仰望天空
　　不是触摸春风的手臂送来三月春阳
女：一年一度的柳绿，鞭策着行人的道路
男：一岁一次的清明，呼唤着孝子贤孙
女：此刻，让我们聆听
　　聆听祖先的孝训：
众合：父母呼　应勿缓
　　　父母命　行勿懒
　　　父母教　须敬听
　　　父母责　须顺承
男童音合：冬则温　夏则清
　　　　　晨则省　昏则定
　　　　　出必告　返必面

居有常　业无变

女童音合：亲爱我　孝何难

亲憎我　孝方贤

亲有过　谏使更

怡吾色　柔吾声

众合：兄道友　弟道恭

兄弟睦　孝在中

财物轻　怨何生

言语忍　忿自泯

女：寻着古老的歌谣

一个个典故向我们走来

男：古人的劝孝歌

一次次敲打我们的耳膜

众合：天地重孝孝当先　一个孝字全家安

为人须先孝父母　孝顺父母如敬天

男人尽孝须和悦　妇女尽孝多勤劳

和睦娌妯就是孝　这孝家中大小欢

生前尽敬亲心悦　孝父孝母孝祖先

为人能把祖先孝　孝字治国国能安

天下儿孙尽学孝　一孝就是太平年

女：我们伫立在这里

面对"郑兴割股奉母"的雕塑

敬仰之情油然而生

男：那千古流传的孝行

是孝道火炬的原煤

温暖了一代又一代人民

女：我们无从选择

在我们祖先的脉搏里

我们的孝道文化从这里启程

我们的城市因此而命名

男：我们的自豪来自这里

我们的骄傲来自这里

我们需要传承的

也将从这里开始

女：在今天的生活中

马金莲为我们做出了榜样

她迈向人民大会堂的步履

已坚定了我们的信念

男：在今天的生活中

马润果荣获第四届全国"十佳孝贤"殊荣

千千万万个孝子贤孙

奉行着孝道，传承着美德

女：请听一个女儿写给母亲的信——

女童音：妈妈，你矮矮的，矮矮的

但在你不高的身躯面前

所有的人都得仰望

妈妈，你瘦瘦的，黑黑的

但在美女如云的今天

所有的儿女都认为你最漂亮

妈妈，还记得吗
我在母亲节时送你的画
当时你笑了
笑得很美丽

妈妈，还记得吗
我在你生日时送你的对联
当时你笑了
笑得很灿烂

妈妈，还记得吗
我许久归家后送你的微笑
而那时，你却……
哭了……

妈妈，我用什么才能偿还
你在我儿时缝制的新衣
你每天为我变着花样做的美餐
我知道你的要求很低很低

可是……妈妈
你快告诉我
我怎么才可以偿还
你的一头黑发……

妈妈，如果有来世的话

那就让我来当父母你当子女
因为，天底下只有
儿女欠父母的"债"是永远还不清的

男：请看，那竖立在广场二十四孝的图片
　　我们触景生情，神情凝重
女：让一个个生动的孝行故事
　　静静地绽放在我们的心里
　　在平时的言行举止中
　　长成我们孝义大地上的一株参天大树
合：万人敬仰、万人孝行、万代传颂

女：桃花的芳香
　　穿越着季节的轮回
　　柳绿的挥舞
　　书写着孝道传承的故事
男：我们把孝道的故事当成一种年画
　　张贴在城市的中央
　　在多雨的清明，在多风的三月
　　哀悼
女：只要眺望，视野就会燃烧
男：只要眺望，心中就会温暖
女：这是一个历史的文脉
男：这是一座城市的根基
合：这是一个彰显底蕴、永不褪色的历史

女：让我们为之祝福

男：祝福我们的父母

用我们一生的孝敬

女：祝福我们的兄弟姐妹

用我们挚诚的亲情关怀

男：祝福我们的城市

在行孝仗义、包容大气的精神根基中

合：构建和谐、美好的未来

2008-3-25

三晋之路

1

当我每一次行走在太旧路上，
都按捺不住内心的激动。
无论是隔离带艳丽的花草，
还是那粉刷一新的护栏；
无论是平坦的路面，
还是畅行如流的车辆，
都让我百感交集、思绪万千。

你看，那路旁的花朵，
多像一张张筑路者的笑脸，
在护卫者的浇灌下，
开得更加鲜艳。
那花草上的露珠，
不正是英雄的血汗吗？
那路边的护栏，
不正是五万筑路大军的手臂吗？
无论春夏秋冬、风霜雨雪，
日日夜夜护卫着交通的平安。

你听，那开山的阵阵炮声，

那叮当作响的锤钎声，

那嗨哟嗨哟的号子声，

那掺杂在一起的，

推土机、装载机、拖拉机，

如战马般嘶鸣、腾跃，

都似在耳边，

汇成一部振人肺腑的

开山辟路交响曲，

气贯长虹！

2

烈日下，你们挥洒的汗水，

化为粒粒砂石、水泥，

铺一路艰辛、一路赤诚。

狂风里，你们顶着风沙，

顶着生命中的风浪与尘土，

共雕一种本色、一种风骨。

暴雨中，你们抵御寒冷，

把仅有的一件棉衣互推互让奉献他人，

共塑一种形象、一种悲壮。

深夜里，那一盏盏不熄之灯，

那一次次在设计图纸前的沉思、论证，

那一回回研讨会的烟雾缭绕，
那一个个超负荷运转的肩膀，
都化作路标，指点前程。

无私，是你们的品格，
进击，是你们的行动。

3

酷热的夏季，赤日炎炎，暑气熏蒸
灼黑的脸上，皮肤层层剥落，
但从未灼伤意志，灼伤心灵。

唇裂开了，
开出了殷红的花朵，
溶进了生命，溶进了笑容。

鞋，磨破了，
底垫泛浆的石灰，
焚烧着红肿的脚趾。

饿了，啃几口冷馒头；
渴了，喝几口自来水；
困了，和衣打个盹……

一位战士中暑倒下了，
在冷水浸透的毛巾下，

昏了又醒……

司机同志，
因长时间驾驶腿脚僵硬，
上车下车，都由工友们悉心扶挈。

年轻的女科长，
把婚期一拖再拖，
为了高速公路如期竣工。

你们，用生命谱写华彩乐章，
用汗水圆了三晋人民之梦。

4

轰隆隆的推土机，
是你们挥舞的铁臂，
劈开夜幕，驶进黎明！

缓缓前行的洒水车，
是你们博大的情怀
唱尽春花秋月，雨雪风霜。

轧路机的运转，
碾过地层，碾过生命的坎坷，
凝练了誓言，亮丽了人生。

你们没有惊人之举，
一句"受苦人以受苦为荣"的朴实，
拓宽了境界，拓宽了生命。

筑路工啊，你如基石般的情怀，
默默地铺筑一条辉煌、一种永恒。

5

穿越太行山的崇山峻岭，
奔跑在祖国最长的立交桥上，
我们怎能忘记，
那五万筑路大军，
以排山倒海的气概，
夜以继日奋战在酷暑严寒之中的壮景。

八位英雄倒下了，
他们把青春的骨骼与热血，
抵押在这片土地上，
浇铸成时代的丰碑，
向你致敬。

我们怎能不高歌，
怎能不赞颂，
太旧精神如春风，
吹得三晋叶绿花红
三晋人民挥汗雨

洒向大地润物丰盈

1998-7-11

长城遐想

1

走近你，走近一个古老的世界
走近你，走近硝烟弥漫的战场
走近你，走近一幅血泪浸染的巨画
走近你，走近史诗般雄壮的舞台

你听，孟姜女千里寻夫的脚步声声
渤海拍岸的泪波滚滚
你看，长城内外一片翠绿
家园的田野五谷丰登

2

从临洮，至辽东
起山海，达嘉峪
多少儿女哭倒长城
多少血汗挥成雄风

几千年的辛酸与苦难
几千年的历史与文明

撰写成一万两千七百多里巨诗
刻在历史的碑上，代代永存

3

这条民族家园之篱笆
抵御过多少风霜雪雨
多少春闺梦里的征人
在此刀光剑影，铁骨铮铮

一块块砖，是一字字碑文
一块块砖，是一条条生命
一块块砖，是一个个故事
一块块砖，是一首永恒的歌
吟唱着历史，吟唱着和平

4

如今，万里长城英雄无觅
千里渤海泪痕犹存
长城，你因血的灌溉　悲壮
你因泪的洗涤　苍凉

你是鲜血浸染的历史
你是生命凝聚的史诗
你是不朽的经典
你是远古与今天的启示录

1995-10-5

五月的花朵

"我们是五月的花海
用青春拥抱时代
我们是初升的太阳
用生命点燃未来

'五四'的火炬
唤起了民族的觉醒
壮丽的事业
激励着我们继往开来"

我唱着这支歌走过青春
走过辉煌灿烂的季节
在这充满朝气、洒满阳光的五月
我们不会忘记

没有先烈的鲜血浸染
火红的旗帜不会如此鲜艳
没有前辈的精心呵护
庄严的色彩不会如此灿烂

"五卅"的惨案
牺牲了多少英勇之士
为托起明天的太阳
凝聚成永恒的丰碑

"四五"的呐喊
唤醒了多少热血青年
让胸前的花朵
在十里长街汇成一片雪海

我们有过失落
我们有过辉煌
"十年浩劫"我们迈错了脚步
青春的步履在黑暗中跋涉

人生之路可惜不能重走
青春逝去只有伤痕遗留
"我们年轻，旺盛的精力像风在吼
我们热情，澎湃的生命似水在流"

让我们在历史的长河中
驾起时代飞舟
把一腔滚烫的热血
洒向改革的神州

像雷锋那样

热爱平凡的工作岗位
不论走到哪里
都是一列火车头

像张海迪那样
身残志坚
以顽强的毅力
与病魔殊死搏斗

像李素丽那样
用真情架起一座爱的桥梁
让五湖四海的朋友
感受人在旅途的温暖

像王一夫、邓亚萍那样
把祖国请到世界的领奖台上
听一听国歌的鸣奏
看一看旗帜的飘扬

我们——新一代的青年
肩负着历史的重任
在改革开放的今天
让物质和精神同样富有

我们——跨时代的骄子
在和平、统一、发展的旗帜下

迎接世纪的挑战
再创历史的辉煌

让五月之花似海
让青春之歌如阳

1997-5-2

旗帜下的思索

像出征前壮别的勇士
我伫立在鲜艳的党旗下
赤诚的心加剧跳动
面对你啊，心中的旗帜
——一方高耸的诗碑
像面对鲜血浸染的历史
这心脏起搏的节拍空前强烈
这血液的流速急骤加快

南湖小船的烛光
是诞生希望的地方
星星之火
燎原了祖国大地

虽然，黑暗中的狂风
寒冷中的暴雨
风吹雨打着您的嫩肤
使您在磨炼中茁壮成长
让您以风的姿态
撑起一方蓝天

覆盖中华大地

虽然，艰难的跋涉中有过辉煌
和平的年代里有过失落
曲折前行中您更坚定了步伐
拨开云雾后更看清了前进的方向

您以春天的信念
召唤兄弟姐妹
凝聚在您的周围

党啊，你默默孕育着一代代儿女
为中华民族培育栋梁
培育着一代代骄子

松花江的涛声呼唤着八女的英名
泸定桥上的铁索镌刻着先烈的足迹
铡刀下有女儿对党的忠诚
纵然是死了也要浩气长存

血沃中原啊，有多少党的儿女千古不朽
用信念的音符谱写出无数磅礴壮丽的诗句
腥风血雨啊，坚强的人民在您的号角之下
高举镰刀与斧头
组成坚不可摧的堡垒

还记得，天安门城楼
一个伟岸的声音铿锵有力
一个伟大的身躯站在历史的肩头
手挥和平与尊严的旗帜
将崭新的世界打开
将春天的信息送来

党啊，你是寒冬走来的阳光
唤醒了中华民族的睡狮之魂

您看到了，一线光明在远空闪烁
您听到了，一声呐喊在角落振动
您的儿女在大江南北用热血和生命
寻找站起来的途径
他们用不屈之生命
铸成了巨人的脊梁
成为中国最美的风景

让血染的红旗
在世界东方
在金秋十月
高高飘扬

让中国人民
伫立在神圣的旗帜下
高高吟唱

一个国家，一个民族悲壮的颂歌

如今，在改革开放、加入"世贸"的今天
你领导的人民摆脱了封闭锁国状态
为发展经济殚精竭虑、呕心沥血
探索着繁荣的致富之路
打开了强国富民的科学大门

从黄土高原到沿海乡镇
从边陲高山到繁华的城市
中国大地的农民
告别了面朝黄土背朝天的唯一姿势
不再完全依附土地
他们穿着时装走进都市
带着泥土的芳香与朴实
迈着坚定的步伐走进工厂
从低层次向着高层次的康庄大道
雄赳赳、气昂昂

请看，昔日子子孙孙是奴隶的西藏郎生村
再看，黄土高坡世代讨饭的回民村
如今，都成了生活的主人
命运的主宰者
丰裕的生活使他们满面春风

请看，昔日一片废墟的深圳、珠海

如今，神奇般崛起座座新城
再看，西部开发的浪潮
澎湃着青春和热血

我们的工人兄弟
用钢铁般的臂膀
编织着"春天的故事"
用勤劳的双手
描绘着人间天堂

他们在荒野嫁接芬芳与甜蜜
在山坡开掘幸福与喜悦
在穷山恶水间辟出大道
凭嶙峋茧手在旱溪荒野筑起峥嵘青峰
用艰苦的劳动和经济增长率
繁荣市场，充实心灵

党啊，我亲爱的党
风风雨雨不知你走过了多少路
坎坎坷坷不知你经历了多少艰难岁月
祖国的脸颊上
刻着您艰难的跋涉
人民的心中
永远感恩着您的人民情怀

1991-2-8

干杯，老铁

2018 年 5 月 19 日我应邀参加了铁道兵修理营一连的战友聚会并朗诵了特意为此而创作的诗歌。

这是一个春暖花开、色彩缤纷的五月；
这是一个春风拂面、月色溶溶的夜晚。
铁一连的战友，
从四面八方赶来，
赶赴一个意义非凡的盛宴，
开启一段尘封已久的岁月。

在这里，吕梁山下，郑兴的故里，
唐太宗李世民所赐的"孝义"，
灯火辉煌，宾迎四方。

一张张熟悉的面孔绽放着笑颜；
一双双紧握的双手万语千言；
一个个紧紧的拥抱，
放下了多少牵挂，
化开了多少思念；
一声声亲切的问候，
温暖了多少个栉风沐雨的日子；

一杯杯满了又斟的烈酒，
醉了多少颗久别重逢的喜悦。

战友啊战友，
我们年过半百的铁脊，
曾经把最美好的青春芳华，
奉献在祖国的荒漠田野。
逢山开路、遇水架桥，
不畏严寒酷暑、风霜雨雪，
挥汗如雨，抛洒热血。
锦绣山河的铁路网是我们编织，
纵横大江南北的桥梁是我们搭建。

如今，如今啊，
我们已经完成了祖国赋予我们的使命，
永远的铁道兵已载入中华民族的史册。
脱下军装的老铁，
继续战斗在祖国的各行各业，
续写着辉煌，
传承着老铁的风骨，
军人的魂魄。

今晚，让我们高举酒杯，
为永远的铁道兵干杯，
对酒当歌！

2018-5-17

第四辑　唐宋新韵

看 像

旧照一张遇故知，
春花映水竞娇枝。
谁言岁月不留痕，
镜里秋霜染鬓丝。

1982-12-7

冬·晨读书

窗外日微曦，
罗裳冰玉肌。
围桌灯盏下，
姐妹伴读时。

1982-12-11

春 约

昔时战友会龙城，
美酒飘香意纵横。
醉态扶摇留靓影，
他时笑看解思情。

1983-3-24

赠 别

柳丝默默雨沙沙，
流水无情送落花。
此地一别相聚远，
不知何以度余暇。

1983-5-4

眺 望

别君数日信无回，
秋水望穿可告谁。
深夜正值情侣会，
微风无奈动罗帷。

1983-5-9

画堂春·春寒

西风庭院雨凄凄，
昼夜不停息。
入春亦有寒风吹，
袭我身衣。

梦醒枕痕犹在，
鬓松头沉心郁。
凭栏思君几千丝，
意绪迟迟。

1983-3-8

蝶恋花

——过府前街

明媚春光披绿树。
路畔梧桐，
香气留人驻。
麻雀枝头频弄舞，
声声入耳如箫鼓。

昨日春暖花开路，
列车送我，
华清与君晤。
而今花落流水去，
天涯一别难回首。

1983-5-6

长相思

小提琴，
似知音。
曲调悠悠思君深，
有谁知此心。

日沉沉，
夜深深。
独对青天月做邻，
玉郎何处寻。

1984-5-8

附录：

寒夜，一双渴望的眼睛

——侯燕诗集《多雨季节》序

◎　张承信

在选编《山西文学创作五十年精品选·诗歌卷》时，曾有两首短诗以其纯净、清新的诗意令我惊喜不已，这就是《冬季》和《无题》。它在浩繁的诗集和报刊中形成一个熠熠的亮点。作者便是青年女诗人侯燕同志。之后又阅读了她散见于报刊上的一些诗作；最近又读到了她的第一本诗集《多雨季节》的清样，计四卷，近百首。至此，作为一位有才华的诗星，侯燕翩然辉耀于新世纪诗坛的上空。

走进并深入《多雨季节》的世界，我感到作品的每一个意象，每一个句式，甚至每一个标点，都是极具个性的内涵和装饰。传统文化的基因植根于现实的根系构成了作品的主要风骨和魂魄。不"滞后"，也不"趋时"；她不属于"西方"，也不属于"东方"，她属于辽阔于她面前的那一片地方；属于这个缤纷万象的时代。因此，当几乎是众口一声指责当今诗歌不景气（殊不知，正是充斥于报刊版面上的晦涩，空泛诗歌的"景气"成就了诗坛的不景气)之时，她却在吕梁山下、汾水之滨抚慰着诗歌，并以她的作品葱茏了诗坛的一片荒漠。我们恍惚看见"一双渴望的眼睛"在讯问："冰层下还有柔情之水吗？"或许"岁月之外更寒冷／凛冽的风是锋利的刃／层层剥蚀着灵魂"（《冬季》）冷峻中传递出热诚，如熔岩翻动于山腹，是现实主义与积极浪漫主义的完美结合。从而使诗篇内容的密度与思想的光辉有机地融为一体，辐射于云霄以外。而读《无题》则如聆听天籁，《无题》其实是有题，只是题旨被揉得模糊罢了：

把一日的思念细数
在夜的背面
储存

在没有花的季节
生活便馨香着日子
被书抚慰

望穿双眼
只盼能有一种对视
默默，无言

尽管这首诗的指向被诗人万千揉乱，但意象严整，隐约之喻却能够调动不同阶层、不同文化背景、不同经历的人们的"经验"，使心灵为之共振。它指向模糊而清晰、单纯而丰富。因此，谁能说它是无底之谜呢！

体察的深切和缜密的描绘，真情的倾诉与形象的鲜活是作者另一个艺术特色。无论"幸福将在分离中储存／甜蜜将滋润你的一生"的《赠别》，或是"合影一张留醉态／它时笑看解思情"的《春约》；无论"人生之路不能重走／青春失去只有伤痕遗留"的《五月的花朵》的婉约，还是"静静地守着电话／让寂寞疯长／一根丝线不停地缠绕指间／搓着一份期盼"的《守》的形态，都楚楚动人，呼之欲出。她还把长城喻为民族家园的"篱笆"。形神兼备，新颖得体。这对时下过于玄奥、虚空的诗风无疑是一种匡正和提醒。

一位西方诗人说过，诗是被专家们删掉的那一部分。从某种意义上讲诗是不能复制也无法移植的艺术，寻找陌生，追求完美是诗人们倾其毕生而追求不止的天职。侯燕的有些诗尽管还显得稚嫩，尽管诗艺还欠缺纯熟，尽管话语还不够简约，尽管题材还不够辽阔与高远，但在"草盛禾苗稀"的诗坛上，一棵沉甸甸的麦穗毕竟让人看到了丰收的喜悦。而诗人阅读人生的"一双渴望的眼睛"也必将不停地探求新的空间，获得更多的丰硕。

因此，我们有理由为诗集《多雨季节》的出版而欣喜和喝彩。

2002 年 8 月于太原

再度逼近女性生命的真实经验

——侯燕诗中的女性意识读解

◎ 李有亮

    对于人类至真至美的爱情的抒写，历来就为女性诗人所倚重，这自然是与女性对于爱情内涵体验的敏感、细微的先天优势内在相关。但是，将爱情作为自己诗歌创作的唯一主题不知疲倦地反复咏唱，并且这种咏唱又始终保持了一种一往情深的内心姿态，这在当今这样的爱情功利化、游戏化倾向日趋明显的文化语境中实属难能可贵。侯燕就是这样一位诗人，纵观她近十来年里发表的近百首诗作，可以发现从1989 年的激情四溢的《焚信》，到1998 年的凝重冷清的《冬日阳光》，这其间诗人的情感变化幅度是如此之大，但诗歌内在的主题却一如既往，不改初衷。

    细读侯燕这十多年来的爱情诗，我们发现有这样两个特点：一是诗中感觉不到诗人自然年龄的变化痕迹。应该说，对于如今已届不惑之年的侯燕来说，这十多年是她生命之旅的一个特殊重要的时期。在经历了恋爱、结婚、生育等女性经验的一系列重大变化之后，一个昔日的女孩子如今已成为一位成熟的中年女性。然而，我们并未从其诗中读到这一变化的过程；或者说，即使是诗的底部会自然而然地流露出诗人生命过程的一些变化，但这种变化并不为诗人自己所看重，诗人似乎一直沉迷于一种不变的爱情幻想中，一直在追寻（或保留）着那份"没有被年龄锁住"的纯情与真挚。这份纯真在1991年发表的《等你归来》中是这表达的："守望长夜／多么渴望你温柔的臂弯／让疲惫的相思／停泊"；在1995年发表的《总想给你挂个电话》中是这样抒写的："总想给你挂个电话／道一声再见，一声保重／也许你匆匆的步履／给我遗下片片真情／使我萌出满藤满架的回忆／蔚蓝我的天空／温馨我孤寂时辰"；在1998年发表的《无题》一诗中，仍然是纯真依旧："望穿双眼／只盼能有一种对视／默默无言"。可以说，十多个春夏秋冬，诗人生命的步履匆匆前行，但在诗中却任凭"岁月日复一日地流失／期盼的梦支离破碎"，仍然执着地守望着爱情的梦幻世界。

二是诗中没有强烈的矛盾冲突。爱情的生存土壤无疑是现实生活，有人群的地方就会有矛盾，侯燕笔下所抒写的爱情生活也不会例外。但是在其几十首诗作中，你感觉不到这种矛盾与冲突。当然，这种矛盾冲突可能是外在于现实的，也可能或更多应是内在于心灵的。作为一位女性诗人，其对爱情的体验及表达一般来说是更贴近心灵内部的。但在侯燕的诗中，我们并未读出那种女性爱情诗惯有内心撕裂的、灵肉对峙的、水火不容的感觉，其诗中很少出现那种"越拧越紧"的语言阵势，而更多的则是那种"自我释怀"的表达方式。如《沉默是最好的道白》中这样写道："你就这样走了／把困惑留给我／我那匿藏了很久的希冀／就这样夭折／生命在明丽的绝望线上／弹不出歇斯底里的泪水／只有那漫延的愁云／围困心灵那空白的一角／面对着绿叶丰茂的季节／我该说些什么／说些什么。"如果说这种包容、隐忍的情怀还让我们感到了一种类似母爱般的女性力量的博大，那么在《美丽的忧伤》中，诗人的情感体验就有点像古典女子般的自叹、自怜了，你看："爱凝聚在诗里／长短不齐／编织着情的丝带／季节更换，却难投寄／寻觅的虔诚／找不到归宿／独守一桩心事／期待犹如一片盐碱地／不朽的情节在这里／长不出宜人的翠绿／弯月如钩／相互伫望而清瘦"。显然，并非诗人体验不到爱情于现实中的矛盾内涵，而是她将这种矛盾性全部转移到自己一方，孤自咀嚼并承受一切。

从上述两个特点中，我们逐渐接近了侯燕所具有的独特的女性意识，它颇为复杂而微妙：它既具有现代女性所向往、追求的独立意向，又时时流露出某种传统女性根深蒂固的依赖性思想。两相比较，后者于其诗作中更占有主导地位。如在《我不想》一诗中，我们看到诗人欲求独立于男性世界的微薄愿望："我不想是一把锁／封闭你丰富而欢愉的灵魂／我不想是一个瑰丽的梦／让你永远永远地走不出"；但是到了《豆角穰》一诗中，却十分着迷地写道："缘着玉米强健而丰满的躯体／攀附／让所有的缠绵／通过一条笔直的路／洒在这绿色的梦里／……／为了由来已久的心事／默默地攀缘上升／那一缕缕的情丝哟／随风摇曳的痴痴醉醉。""豆角穰"和"玉米"这两个意象，不禁使我们联想到舒婷的那首著名的《致橡树》中的"木棉"与"橡树"，同是女性抒写爱情，然而其中所体现的女性意识却相去甚远。

总的说来，侯燕爱情诗中的女性意识尚缺乏独立的人格精神做内在支撑，挟带着中国传统女性爱情思想一贯的依附性特征。那么，是什么原因导致这样的创作意识呢？这恐怕与其所置身的现实生存环境有内在复杂的联系。侯燕作为一位诗人，她的心总是渴望飞翔的；但作为一位吕梁山区现实处境中的女性，她又只能按照现实生活的逻辑安排自己的命运。就像一只美丽的风筝，心灵早已属于蓝天，但命运之根则被牢牢系于现实的黄土地上。她不敢拼力挣扎，那样可能会挣断尾线，以致彻底失去与生活的唯一联系，成为一只断线的风筝，孤零零地漂泊天涯海角，这绝不是谁都敢于去亲自尝试的；但是她也绝不愿回头垂落地面，因为彻底失去梦幻的现实对于诗人来讲更难以接受。于是，这就使她的女性意识成为一种"彼在"的意识，而非"此在"的意识，即她似乎只能将情感的翅膀在幻想的空间里不断展开、合拢，却不让其与现实发生太多的联系。这就是我们在侯燕诗中所看到的，她的那些与生俱来、与命运同步的无比丰富的女性经验，并未能真正构成其诗歌写作的"现场"，她的生命体验、爱情体验多是属于"不在现场"的体验，她的艺术表达也就主要成了对虚拟世界的咏唱。

这样一来，就造成了诗人当下创作的困境，即渴望抒写纯真的爱情体验，但这种体验却是缺乏现实根基的，缺乏女性丰富人生经验作底垫的，缺乏生命现场感的，相对回避了生活矛盾的。所以，其诗在努力创造那种永恒的、纯真的艺术美感时，也就相对滞留了自己进一步向生活深处逼近的探索脚步。而要跨越这一困境，就必须重新面对作为一个女性所拥有的真正的、丰富的生命经验。当然，这需要一种刷新的眼光，更需要一种直面自我的勇气。我们期待着。

摘自《吕梁高等专科学校学报》2002 年第 03 期《吕梁文学》2 期

古典诗性的承袭与新变

——评《侯燕诗歌精选》

◎ 王春林　胡少山

　　中国是一个诗词大国，毋庸说唐诗宋词的伟大和精妙，就是到了现代，鲁迅、郁达夫等人所写的古典诗词也依然还是那样美妙精湛。现代新诗形式及其技巧虽然是从国外学习而得，然而，毫无疑问，古典诗词的影响也同样是很明显的，这一点在冰心、闻一多、徐志摩等现代诗人那里有着很清晰的体现。诗歌发展到了当代，虽然是以高度抽象的现代思维表达现代人特有的思想情感的诗作占据着诗坛的主流位置，但是，古典诗词传统的影响依然没有消失，依然或多或少地表现在一些诗人的诗作里。比如说，舒婷、鹏鸣等诗人的一些作品就最突出地体现了这一点。当然，这种潜移默化的影响也突出地表现在吕梁山区一个小城的诗人侯燕的诗作中。或许是由于对古典诗词特别喜好，或许是由于她古文功底的深厚，我们发现，古典诗性在侯燕的诗作中得到了很好的展现和继承。在《侯燕诗歌精选》的最后，作者收录了八首古典诗词，名之曰"唐宋新韵"。从这里，我们可以看到诗人果然对古诗词有着一种特别的爱好，而且也进行了比较成功的书写尝试。当然，作为生活在当下社会现实中的诗人，侯燕的诗歌也不可避免地带上了现代女性特有的表达方式所呈现出来的个性化的诗情诗绪，这同样也应该是这本《侯燕诗歌精选》令我们喜爱和欣赏的特色所在吧。

在《侯燕诗歌精选》里，我们常常能够看到一些很熟悉的意象。比如雪、红豆、月亮、雨、酒等等。从这些意象里我们可以发现，它们所蕴含的意义和诗情，与几千年前的唐诗宋词相比并没有很大的变化。不管是在"既然相思红豆已经成熟／何必匿藏于心的一隅／即使凝望成一种风景／繁殖的情节也带有苦涩"（《致友人》）中，还是在"不小心遗失一颗红豆／在潮湿的心田／膨胀、发芽／疯长了一夜"（《红豆》）中，"红豆"的意象依然是相思和爱情的象征。"雨丝／拉近了你我的距离／把久久匿藏的心事点燃／从清晨到黄昏／凝固成一种姿势／独在雨季中繁殖／过去和未来的故事"（《雨》）中的"雨"，与"君问归期未有期，巴山夜雨涨秋池。何当共剪西窗烛，却话巴山夜雨时"（李商隐《雨夜寄北》）中的"雨"一样是一种美好情绪的寄托。雪代表纯洁美好，月是朦胧的思念和惆怅，酒表征着浓烈的情感……

"轻轻一握／相见不知是何年／凝重的微笑／无声的语言／都是铅／眺望的目光／只见一路尘烟"（《握别》）"盼你／凝聚千种相思／连绵的日子／当心红豆会发芽／穿起石镴／长成一株你"（《相思》）"因为你／心的芳草地疯长出太多的牵挂／所有的黄昏／所有的夜晚／不再黯淡／囚禁的思念是咽下的压缩饼干／滑落的苦涩／逐渐膨胀饱满"（《星夜》）……这些表达别友之情、相思之意、眷恋之感的诗作在《侯燕诗歌精选》中占了很大的一个部分。类似的优秀诗作还有《无题》《豆角穰》《黄河古道》《春天的约会》《你的名字》《思念》等等。友情、爱情、思念、怀古这些古典诗词歌赋所反复咏唱的主题，也是侯燕寄予自己诗意情思的主题所在。这一点，和古典诗词的特性同样是相通的。

除了意象的选取和诗歌主题的咏叹外，从总体的阅读感受来看，侯燕的诗给人一种真淳、雅致、忧伤的感觉，这一点和我们读婉约派诗词的感觉也是有所相似的。

很多评论家都注意到，侯燕的诗作有着浓厚的女性意识。她以"春风般的柔情款款诉说"着一个女性微妙而复杂的情感体验。不管是歌咏爱情，赞颂友情，赞叹大自然的良辰美景，还是倾吐相思之苦，抒发眷恋之情，或者是寄怀古之思，在她的诗里总是有一种挥之不去的女性特有的忧伤、柔静和敏锐的感觉。不仅仅如此，侯燕的很多诗里还明显地有一个女性色彩的抒情者。这一点，在《雪和菊的私语》《红豆》《总想给你挂个电话》《梅花傲雪》等诗作中，表现得尤为突出。一个温暖的午后，"我"在"偷听雪与菊的私语"，敏锐地感到："雪覆盖冷苍的菊"，是在"用来自上苍的方式 / 演绎 / 一尘不染的爱情"，"诉说铢积寸累的内心秘密"。"我一直在听 / 冰雪中的另类风姿 / 怎样表白心事"，而"那羞红的爱意 / 怎样丝丝缕缕芬芳一个冬季 / 让我一个局外之人 / 也美美地醉了一回"。从这首诗里，我们能强烈地感觉到，是一个感情特别细腻的女性在编织着关于爱的梦想。其实，类似于这样的诗，在《侯燕诗歌精选》中还有很多，在此恕不一一列举。

对日常生活中诗情诗意的发现和个性表达，同样是侯燕诗歌的一大特色，也是能够引起读者共鸣的关键所在。日常生活不仅是小说、戏剧等艺术题材所应该反映的对象，也理应是诗歌的表现对象，是诗意的重要来源。从某种意义上，可以说从平凡的生活中所发现、捕捉和表达出来的诗意更能感动我们，从而达到陶冶情操、提升艺术品位的目的。在《侯燕诗歌精选》中，这种从平凡而琐碎的日常生活中挖掘和提炼出来的诗情画意是很普遍的。"下雪了"，诗人"制止不住激动／奔出窗外／脚步不由自主地跳跃着／舞蹈着"，于是给我们呈现出一种"三十多岁了／童真，还没有被年龄锁住"（《冬日的阳光》）的至纯至美的生命形态。回乡是我们大家的共同经历，而诗人却借回乡而抒发着对故乡的热爱和见到亲人、朋友后的无限深情，她所酝酿出的是"车啊，你慢些再慢些／让这两行温热的泪／柔和在这万行的雨丝中／让这无限的温情／在万千思绪中沉默／燕子终于回到了／起飞的地方"（《春天的约会》）这样优美而动人的诗句。

在这样一个诗坛不无萧条的时代，侯燕以其对于诗歌的爱好和执着写出的，既具古典韵味又有现代普遍情感经验和个性特色的优美而温婉的诗句实在令人敬佩。她的努力和探索，对于古典诗性传统的继承和现代诗歌的发展，都具有一定的价值和意义。然而，美中略嫌不足的是，侯燕的诗重在对于普遍情感的体验与表达，因而显得个性化有些不足，这应该是诗人在今后的创作中应该特别注意的。

摘自《山西日报》

2007-10-23

春风般的柔情款款诉说

——简评侯燕的近作

◎　金汝平

　　认识女诗人侯燕很久了，也在山西的许多刊物上读过她的诗，2002年由作家出版社出版的《多雨季节》，集中地显示了她多年来形成的诗歌特色。其中那些清丽、淡雅而又弥散着忧伤的诗句，由于源自作者真切而细微的情感体验，源自一个女性对美和爱的憧憬和渴望，确实具有某种"润物细无声"的感染力。我们看到，中国古典主义和西方浪漫主义两种诗风的悄然融合，在侯燕的诗里占据了极大的比重，也使她的诗迥然有异于当前在诗人中影响巨大的现代主义和后现代主义诗风。她的近作，继续坚守着《多雨季节》时期的艺术个性，更为娴熟、精致，同时也显露出某些我们不能回避的诗学问题。

　　与生存方式相对应，诗歌的领域也是极其广阔的。有人在田园诗里大展身手如陶渊明，有人在爱情诗里低吟浅唱如李商隐，而大诗人则凭借着卓越的天才纵横自如，为我们留下了气象万千的不朽名篇如李白、杜甫。因此，对于所谓"题材"的选择绝不是随心所欲的，它涉及诗人的情感、思想、认识和阅历，隐秘的渴求和伤痛，乃至于无法窥测的奥秘的潜意识。

侯燕笔下的"题材"有着极其明显的方向性、倾向性。多年以来，她孜孜以求于对生活中"美"的发现，而那些同样存在的"丑"和"恶"，却被她有意无意地排斥在表达之外。这自有诗学上的理由，也和她抒情的角度有关。可以用她诗中的"春风般的柔情款款诉说"一语来概括她的表达方式，这种表达方式总是真诚、亲切，尊重读者，易于和读者交流，易于让读者接受。一方面是倾诉，另一方面是共鸣，这样的结果是诗歌获得了净化灵魂的作用，也在某种程度上减轻了我们心灵中的焦躁和痛苦。侯燕怀着热烈的心情歌唱友谊、歌唱爱情、歌唱大自然的良辰美景，对日常生活中那些能够引起她激动、沉思的别有意味的事情也给予脉脉含情的凝注，然后写成诗歌。因此，与其说诗人选择"题材"，不如说"题材"选择诗人。侯燕的诗情就是在传统意义对美的捕捉中开始孕育的，形成的。"用45度的烈酒／把夜灌得很醉／把冬季挡在门外／把跌落在岁月深处的心／一一扶起／让覆盖过雪的灵魂／在这里纷纷脱落／温暖如春"这是侯燕眼里充满着浓浓友情的《冬夜》；"那比金子更具光泽的贞烈／是一种绝唱吗／那么，碎裂的何止是花冠"（《向日葵》），这是侯燕对着秋天里向日葵的深切的慨叹。凡此种种，都透露出一个人到中年的女诗人对世界、对万物、对人的更真挚、更纯朴的爱恋。人与诗的联系总是内在而又微妙的，这不是简单意义上的"文如其人"，也不是后现代主义者宣扬的"作者之死"，我们走进一首诗的同时，也走进了一个人，而且加深了对自己的理解，或许侯燕正是因此才通过下面的句子，表达了她对诗歌的认识："幽暗的夜晚／诗比灯更亮／寒冷的冬季／诗比火更暖"（《诗人》）。

与"题材"的选择相适应，与"题材"背后隐藏的情感和思想相适应，侯燕的诗歌语言也是带有"洁癖"的语言。她总是小心翼翼地，精心选择那些能给读者带来美感、带来愉悦和欢乐的语言，对那些更丰富、更庞杂、更具张力和弹性、更具精神穿越力的语言表现出过分的冷漠和排斥。这里存在着一个诗学上的困境：因为这直接影响到一个诗人对世界的整体把握，也妨碍对自己精神内部做更深入、更全面的探求。今天，面对着这个变化莫测的大千世界，我们发现语言确实是苍白的，而诗人的价值就是勇敢地反抗这苍白的语言，包括对传统意象的反抗、改造和超越。唯有如此，诗才能和我们的精神自由建立起更持久、更真实、更广泛的联系。

"独倚窗前明月／独傍诗歌入眠／远方的人／诉说还需要语言吗"侯燕在《天涯共此时》这首诗里这样问，回答是肯定的，不论是对于人与人之间心灵的沟通，还是仅仅在平凡的日复一日的日子里安慰自己、鼓励自己、支撑自己，诗都是需要的，语言都是需要的。只是"去年的话属于去年的语言，而明年的话等待着新的声音"。（艾略特语）

摘自《山西日报》

2008-5-13

温静的姿态

——读侯燕近期诗歌札记

◎ 马明高

一、中年心境

弥漫的意象／挤瘦了月姿／凉飕飕的风／拥吻着伫立风景中的我

——摘自侯燕《诗》

女诗人侯燕在《中年》中写道："看什么都与太阳的西斜有关／做事情总要掂它的重量／前方的路清晰明朗／激情早已挥手作别／化作青春河里的一朵浪花／在记忆的深处飞溅／似乎该说的话少了／该做的事多了"。这便是中年人的心境，说准确些，这便是中年女人的心境。董桥说中年是具有感受而没有感动的年龄。这句话尽管说得有些偏颇，但中年人的感觉毕竟是比较成熟的感觉。它不像年轻人的感觉那么稚嫩，那么漂浮，那么跳跃，那么刺激，那么喧哗。当然，它也不像老年人的感觉那么陈旧，那么沧桑，那么迟缓，那么冷静，那么无语。中年人一般来说，应该到了人生从容、到位而准确的年龄了。到了这个年龄，它再不会像瀑布一样落差那么大，也再不会像池塘一样那么平静，它会像小溪一样流动着，碰到石头会溅起水花，该拐弯时自然地拐弯。因为人到中年了，应该有好多东西在支撑着生命，诸如知识的

175

内涵、灵感的闪现、思想的火花和审美的情趣。总之一句话，中年人虽然像一只风筝可以在天空中自由自在地飞，但它心里明白，有一根线被大地上的一个人捏着。

这便是我读侯燕的诗集《多雨季节》和新近她写的一些诗歌的第一感觉。在过去的时光里，侯燕可能会认为"命运并不垂青于我，屡屡受挫"。（《多雨季节》后记）她写的《冬季》，我从第一次读后一直到现在，印象十分深刻。"岁月之外更寒冷／凛冽的风／是锋利的刃／层层剥蚀着灵魂／／我看到／紫色的血／撕裂魂灵／瘫卧于季节之外／／冰层下还有柔情之水吗？／寒冬，一双渴望的眼睛。"读懂了她的这首诗，你就可以明白她的第一本诗集为什么会这么编排：卷一为《冬季独白》，卷二为《秋日私语》，卷三为《春的呢喃》，卷四为《夏日思索》。经历过人生岁月的"冬季""秋日"，到了人生的第二个"春天里"，到了生命的"夏日"里，侯燕才会"把纷至沓来的思念放射到远方"，才会"想来总能温馨生命的每一部分／无悔无怨"，侯燕才知道生活是公平的，它并没有因为你没有伸出手而忘掉它应该给予你的东西，它甚至给了你更多。人到中年，会日益成为这个世界最和谐、最顺应，最不显山露水的部分，而且还不会因为这种和谐、顺应、不显山露水而变得更加谦逊自然。人到中年，她会如此自信于自己的一切，包括创作。在这段人生的岁月里，侯燕发现："原来，幸福／无形，无影，无声。"自然，《幸福时刻》被侯燕理解而描绘为："一种凝望／停留在月亮上／看到的是月亮之外的事物／／一种等待／没有结果／却时常驻扎在心里／／一种语言／面对很多事物／从未发出过声音／／一种思绪／穿越的／不只是黑暗，还有黎明"。

作为中年诗人，她已经习惯了悄无声息地混淆在人群之中，一点也不扎眼，一点也不另类。她已经不需要通过外在的东西来凸显和张扬自己的个性了。和那些故作惊人之语或行为不羁的诗人相比，她更像一个普通人了。"我喜欢一个人／站在阳台观赏远远的山"，"我喜欢一个人／坐在沙发里把心事拨弄"，"我喜欢一个人／高枕而眠／做一次生命的飞翔"（《飞翔》）作为中年女诗人，她明白"所有爱情最终消失／而太阳照样升起"，（娜夜诗句）她懂得"活下来承担／是一种／美德"。（娜夜诗句）她会成为一个有着平常心态的，善意朴素的，既不愤世嫉俗也不怨天尤人的女人。她会像娜夜所描绘的女诗人那样，"享受着朴素命运带来的／一心一意"，"被称之为女人／在这世上／除了写诗和担忧红颜易老／其他草木一样／顺从。"

二、女性意识

读懂了它／世界就变得明亮了／就有花草丛生了。

——摘自侯燕《爱》

侯燕的诗具有较强的女性意识，而正是这种女性意识，使侯燕的诗显得那么清新，典雅，温馨，柔静。"也许，你会忆起我们在优雅的氛围中／做心灵的散步／那些明明暗暗的语言／腼腆的太含蓄／心意总不敢从我们之间飘逸而过／使我们彼此在沉默中燃烧"。（《总想给你挂个电话》）"有些话总想对你说／望着你发烫的眸子／语言就躲躲闪闪，羞羞涩涩／你说你总想来看我／却总怕牵来很多目光／聚众的舌头／总在心里啃着那份情感／使你痛苦万分／有时你总想把心思摘下／送给我品尝"(《有些话总想对你说》)，无疑，这些都是写男女爱情或者情感暧昧的诗，极其生动而形象，极其真实而扣动人心，极其细腻典雅，从而使人世间世俗的男女之情变得超凡脱俗，变得浪漫而充满柔情。当然，这一切都会提升诗歌的品位，使诗歌变得像光一样明亮，火一样跳动，风一样自由，水一样流动，使诗歌从语言中凸显出来，具有了不可言传只可意会的质感，像丝绸那样清凉，那样飘拂，像夜风从树林中穿过，那样涌动、那样呻吟。

女人不能离开爱情。自然，女诗人的诗必然也要反映和描写爱情，但侯燕的诗没有过多地沉湎于这种狭义的男女爱情之中，更没有泛滥其中。这一点在同时代女诗人中显得非常的可贵。因为我们知道，自从20世纪90年代中叶，女诗人们的"下半身写作"或"身体写作"可以说是泛滥成灾了。而侯燕却没有这样，她更多的是描绘出了一种女性博大的爱，犹如母爱般的那种女性的亲和、包容和隐忍，请你轻轻地读一读这首名之为《爱》的诗，"读懂了它／世界就变得明亮了／就有花草丛生了"。仅仅三句，却是那样地令人难忘，那样地耐人寻味。仅仅三句，它却会使人的心突然软了。在一瞬间叩击到人心灵那块最软的部位，使人变得善良、高尚、宽宏大量。这就是诗歌所独具的功能。正如沈泽宣先生所言："作为一种远离虚名俗利的精神存在，诗歌如同一柱清新纯洁之光，净化和强健着我们的灵魂，让卑微者抬起头来，高贵者俯首自省，教怯懦者无畏，柔弱者坚强，颓靡者振奋，使颠倒迷乱的人际关系变得和谐、简单、明亮，"正是这种诗歌中悠久的宽阔博大的爱，使侯燕觉得："与诗为伴，我的心中总生长阳光。"正如她所言："爱，使我拥有了孤独；

孤独使我享受了读书；读书使我学会了善待自己；挫折与坎坷使我学会了享受生活、享受诗歌。"诗歌就是这样净化着女诗人的生活，让她的世界"更开阔、更惬意、更有品位"，更闪烁着女性特有的那种柔和而湿润的光芒。使她深刻地认识到"幽暗的夜晚／诗比灯还亮／寒冷的冬季／诗比火还暖"，使她深深地体会到诗人"长着第三只眼睛／有着第六感觉／一句浅浅的句子／就能触到心灵深处／震撼的不只是一群人"。(《诗人》)

女性意识，对于诗人十分重要。正是这种女性意识，使诗人时刻注意保鲜自己的情绪与感受，将一些晦暗不明、不可理解的力量推向极致，使诗人的诗句造化得极其朴素，但在这朴素的叙述中却带给人温暖，又隐隐有丝丝缕缕的忧伤；使诗歌成为一种低语，在低语中以自己独有的方式抵达广大的情感；使诗歌成为一种静听，在静听中捕捉来自自然、生命和时光的秘密呼吸与战栗。

这才是诗歌的最高境界。

三、关注自身

我喜欢一个人／坐在沙发里把心事拨弄／独守一泓波澜／拍击心岸／供自己欣赏

——摘自侯燕《生命的飞翔》

读侯燕的诗，我强烈地意识到：诗人必须关注自身及人类的命运，诗歌应该成为对我们所进行的日常生活的细致之美的发现、捕捉和品味。诗人应该通过生活本身来确立活着的理由。诗人在任何情况下都应该做到和生活平起平坐。

"我／不忍听／借风的呻吟／捧起叶／越看越像我"(《落》)，"沉默的目光／早已写出醉人的诗句／为了由来已久的心事／默默地攀缘上升／那一缕缕的情丝哟／随风摇曳的痴痴醉醉"(《豆角穰》)，"不知是我品月亮／还是月亮读我／冰凉的清辉／是滑落的伤感／弥漫的意象／挤瘦了月姿"。(《诗》)这些诗句，无不表现出一种人类心灵能够共同感受的东西。正因为如此，它们才深深地打动了我们的心。所以说，好的写作不是阐释意义，而是为了表达意味。

生活，是人存在的场域。人类一切的文化创造、意义建构，其基础材料均来源于"生活世界"。因此，只有立足于生活世界这一坚实的基础上，有了生活本身，写作才能扎根，灵魂才能落实。好的文学，包括诗歌，都应该告诉我们人类是如何生活的，也应该告诉我们人类是怎样走来的，又将如何走下去。《红楼梦》被称为"清代之人情小说的顶峰"，正是在于其以优美的人情写天道人心。从《红楼梦》的写作手法中，我们可以发现：人情就在世俗之中，天道也隐藏在日常生活里面。李后主的那首诗为什么非常著名，就是因为有"春花秋月何时了，往事知多少"，就是因为一语直指"天道"与"人心"。好的诗歌，好的文学，都是在"生活"中展开，同时又能深入"人心"；所以说，我们的诗歌，不能疏远了我们的"生活世界"和"人心世界"而凌空蹈虚，好高骛远；诗歌应该关注生活本身，关注人类自身，关注诗人自身。诗歌就是发现生活的秘密，呈现世界的美妙与意味，而不负责改变。改变世界是哲学家的事。

谢有顺先生说："好的文学，它所要追索的，永远是生活世界发生了什么，人心世界发生了什么；离开了这两个维度，文学就会变得空洞、轻飘，写作就会成为一种造假。"

四、回忆、经验与叙事

在没有花的季节 / 生活便馨香着日子 / 被书抚慰

——摘自侯燕《无题》

在侯燕看来："诗是我疲惫的家园；是受伤后的避难所；是闲暇时的游乐场"。(《多雨季节》后记)在这"家园""避难所"和"游乐场"里，诗人在干什么呢？诗人"站在阳台观赏远远的山"，之后就"坐在沙发里把心事拨弄"，就"独守一泓波澜"，就"拍击心岸"。从这种写作姿态中，我们发现她的叙事策略，就是回忆。这些，我们从她诗集中的好多诗的题目就可以发现：《思念(1)》《思念(2)》《思念(3)》，《总想给你挂个电话》《有些话总想对你说》《握别》《等你归来》等等，都是将回忆作为一个重要的线索。回忆使作者成了一个温静的叙述者，在回忆中重新打量过去的事情、过去的朋友，而在这回忆的过程中，由于距离的遥远、语境的变化和时光的流逝，生活的经验、生活的秘密和生活的意味便自然而然地呈现了出来。这样诗歌的精神空间突然就变得开阔起来。空间开阔的过程，就是诗人的视角悄悄地从"看"和"闻"中，过渡到"想"的过程。

我认为，中年是写诗最好的时期。因为中年人有可以回忆的资本。青年人也能回忆生活，但未免有些太早。尤其是中年女人，更是适合写诗的。因为中年人的回忆姿态加上中年女人特有的温静、细腻和沉浸，那就成为写诗的优势资源了。人到中年的女性，会"因春光而明媚 / 落叶归根时我坠入我的爱／爱我的家／把我们外面的风尘／关在外面",（娜夜《明媚》）然后"我将这样坐下去／为了爱的缘故直到／把一些遗漏的细节／重新想起",（娜夜《为了爱的缘故》）这样之后，她们会感觉到"月光已经很旧了／照耀却更沉更有力／我在回忆在慢慢／想起／／你拥着我／从隔壁的往事中退出"。

好的诗歌，好的文学都是从回忆开始的，都是采取回忆的姿态。所以有人说，文学就是回忆。《红楼梦》是回忆，《金瓶梅》是回忆，李后主的"春花秋月何时了，往事知多少"也是回忆。

哲学家克尔凯郭尔说："回忆就是想象力。"回忆就是揭示"人类生活的永恒连续性"，回忆就是对生活不断地发出惊叹："还在！"从哲学的意义上说，回忆有时比记忆更有价值，精神的真实有时比经验的真实更为重要。所以雅克·德里达才说："诗融入记忆，记忆和心灵合二为一。""用心记住的梦想在你心中升起，心的指令在心中流过。"所以，"诗唤醒人心并且扩大人心的领域，使它成为容纳许多未被理解的思想和渊薮，"所以，诗歌才能成为"具有特征的某种激情。这种激情不断弥散。每一次都超越理性，超越人，超越驯化的人类"，使广大的不谙诗歌、不懂得诗歌创作的人们被它感染、被它激动、被它丰富、被它哺育。当然，诗歌也自然通过这一切而成为不朽，成为悠久的传统。

"我喜欢一个人／高枕而眠／做一次生命的飞翔。"这就是写诗的姿态，这就是温静的姿态。因为"生命的飞翔"就是回忆，就是想象力，就是精神的舒展与细节的抒写。

摘自《吕梁日报》2006年3月23日、4月6日、4月20日、5月1日

孤寂的固守

◎　白炯炯

祝大同先生又如期寄来了他主编的刊物《山西文学》第9期。三年来，祝先生每月寄一期月刊给我，坚持不懈，叫我感动。

这期是诗歌专号，卷首语中写道：

这期诗歌专号，是我们从几乎三尺厚的来稿中选出来的。由于篇幅关系，选得确实很少，大约仅占来稿的百分之二三的样子。

侯燕的诗属于百分之二三，在刊物的《灵魂之约》栏目内刊发。

诗写得很别致，没有丝毫为文造情的做作。在非常好读的文字下面，伏着精微神妙。随手抄几句来看过：

"三十多岁了／童真，还没有被年龄锁住／不安分地溢出心外／蹈成一朵花／开在脸上，如雪"

笔调有点冰心，有点早期的伊蕾，又有点郑愁予，却又全不是。清朗，明快，清清冽冽，自自然然，一如欢快流淌的山涧小溪，叫人心动。

侯燕接着写道："冬日的阳光／温馨的灿烂着／灿烂成一首优美高雅的诗／被雪的音符高高低低朗诵着／生命　家

园　远方　雪"。

　　绝无半点的晦涩和阴冷，相反，却透出春天般的明媚。在诗歌普遍走入怪圈的今天，侯燕的诗自有它难能可贵的品质。T·S艾略特在评论叶芝时说，以个人方式"来为人类讲话"。我说，侯燕是用一种具有自己的现代节奏和特别的语言，来表现当代人的感情和精神态度。我注意到，侯燕的这四首诗，写的都是生活场景中的某个细节。这细节是平凡的，平凡得使人不易捕捉；可同时又是特别的，特别得可以入诗，叫人感动。比如《目光》，写的是男女之间那种藕断丝连式的微妙情感，细腻、传神，却是通过离别这个平常生活细节来切入的。"你从视线中消失／目光就已经黯淡……断，如同夕阳　贯穿生命／连，遥遥无期　似无岸之海。"

　　也许从入世的观点来看，在越来越技术化的今天，侯燕的这种纯真书写未免有些简单化，然而，在美学意义上讲，这种固守自是别一种优秀品质。正是这固守，形成了侯燕诗歌话语的方式与姿态，使她的诗从众多的诗歌中区别和分离出来，从而摆脱了公共话语的控制，最终成全了一位女诗人。透过这固守，我仿佛看到这位孝义市的女才子正揣着一种远离利害的审美心境，散淡地漫步于秋日那座新型城市的梧桐树下。

　　侯燕的这四首诗有一个鲜明特点，这就是空间上，没有明显的地域色彩；在时间上，它表现的是现时性，但又呈现出共时性，从而增强了诗歌的内在张力，使诗的涉指对象无限延伸。总观侯燕诗歌的构成方式，我们几乎可以得出这样的结论：作为诗人，侯燕她试图做人类真性情的最后守望者。她想表现的是人类情感史的细节和血肉。同时，我在她的文学中也读出了浓重的黄昏情绪。

"冰层下面还有柔情之水吗／寒冬，一双渴望的眼睛"（《冬季》）

这种情绪带有某种困惑，柔弱呼唤的意味和色彩。这可能与侯燕的生活经历有关。她当过兵，军营相对是一个比较圣洁的地方，这段军旅生活可能影响侯燕的写作品质。

侯燕诗歌中呈现出的她的心灵乃至情感历程，她的泪水、情爱和她孤寂的固守，必将成为吕梁诗歌当代史的一部分。对此，我深信不疑。

摘自《吕梁日报》

1998-11-6

诗路芬芳，纵笔飞歌

——读《侯燕诗歌精选》

◎　温智慧

　　同样一个场景：一个小湖，湖边有两个行人散步。在散文家的笔下会写出荷塘月色，燕语情哝；在小说家的叙述里，可能编织了两个人双双坠湖的故事；而正是诗人才敢把湖泊说成陆地的天空，人在天上行走。从这个说法上来讲，诗人的特质就是能放飞想象，敢于挣脱桎梏、敢于颠覆、敢于再造、敢于浪漫，这些品格是散文人和小说家不能具备的，故而成就了诗人的天马行空、独来独往、任意挥洒、想象丰富的精神田园。

　　读《侯燕诗歌精选》，能感受到诗人火热的诗行中的冷峻，浪漫主义与现实存在的结合，审美与语境的相融，诗意与思想律动的合拍。诗人以她特有的手法来表现自己内心世界的波澜壮阔，把世界、物质、思想一起打乱，重新整合，但是不破坏心中和自然的意象。隐喻极深却又表现得自如，调动了各种诗素，汇集不同背景、不同层面、不同经验的人文组合，形成诗歌林莽中一道独特的诗歌风景。使人读后，在欣赏美学建筑的同时，也享受心灵抑或灵魂为之震颤的感动。

诗人侯燕有过军旅生活的体验，自觉不自觉地就把军容风纪严整干练的气概带到她诗歌的创作中。不难觉察出她诗行中铿锵和昂扬的乐感和律音的齐奏，为她诗歌特质的形成，加注了军人的风韵气象。是生活锻造了诗人，是橄榄绿成就了诗人，是侯燕自己对诗的偏好、执着以及对诗歌独到的觉悟成长了诗人的诗歌。

侯燕有自己的诗观，这是不同诗人对诗的不同认知。不同的认知，不同的观点，自然产生不同的诗歌风格。不流俗、又清丽，不矛盾、还端庄，不声嘶力竭、还典雅韵致，不光怪陆离地挖空假想、还现实体察地令人感动。她说："任何艺术都是一种释放，它表达的不仅仅是个人的思想，它代表的是一个群体。"

我认为山西吕梁地区的人文风物情景乃至晋地千百年来的文化沉积是侯燕个人诗观形成的底蕴或根基，正是那块黄土地的苍凉骨感与厚重，潜移默化地植入了侯燕诗歌的流脉里。显然她的诗观积极蓬勃，向上乐观。她的诗行朴素且华美、明丽又清新，读后不尽余味回旋，在人的审美享受和认知系统的品味中，久久不得散开，凝成一种芳香的物质，沁人心脾。

其实，个人的诗歌，余认为只代表个人的思想，迸发的是个人语素思想的灵光，不见得代表群体。只能如闭门造车、山门合辙的理论一般。侯燕以自己的感知，把生活以诗歌的方式来破译、来诠释、来诉说，也自然地合了家内写诗、户外应群的思维表达。

侯燕在她的诗观里还说："对我个人而言，写诗是一种休闲娱乐的健康方式。它即能释放心灵，又能生出智慧。"这无疑是侯燕诗歌的一种诗意的升华。她打破了"贫困、苦难出诗人；愤怒出诗人"的固有逻辑，她从容而乐观地走出了诗人故步自封苦难而无奈的藩篱，走出了自我，走出了一个清快明丽的诗人风格。当然，她的诗也走向了一些诗歌阵地，为这些阵地陡增一抹新辉，《当代诗歌》《绿风》《黄河》《山西文学》等多种媒体杂志都刊载过侯燕的诗。是一颗明亮的诗心引领并且照亮诗人的诗路，一路前行，一路躬耕，一路求索，一路汗香。这些物质与行动还有信念自然润泽了侯燕诗歌的芬芳与飘逸。

她坦言："在现实生活中，真正诗意的感觉，也不是诗句能够充分表达的，有时深感难以言状。"这感觉真实地如跺一脚后的一声呐喊。诗行是诗人的心绿，但诗行的局限也不能彻底表达诗人胸中的诗意的。所以诗属于诗人，诗的天空里飞扬的是诗人的眼泪，诗行里散发的是诗人的汗香和挥手所滑过的剪影。诗呀，诗……

在读过侯燕的一些诗后，我认同白炯炯对侯燕诗歌的评价，"笔调有点冰心，又有点早期的伊蕾，又有点郑愁予，却又全不是。这就对了，假如侯燕全都成了别人，侯燕也就非侯燕了。清朗明快、清清冽冽、自自然然、一如欢快流淌的山涧小溪，叫人心动。"这些评价真的不低也不高，由衷中肯，体现了诗人诗句所要表达的意志，所迸发、所流散、所蒸腾的所表现的诗人的心情。

山西是一片盛产诗人的土地，自古至今多少大家统领各自时代的先锋，飘扬成诗歌的旗帜，闪烁诗歌史上的探索之光、创造之光、个性之光，主要是诗思高扬惊涛骇浪的光华与震响。

写诗是在朴素中挖掘美的矿质，在平凡的生活中开凿出美的涵养来温暖世界的创造。在诗面前，好多人都表现了应有的安然与宁静；在诗人面前好多人都表达了崇拜与仰视。甭管诗或者诗人，都是赋予人类光明的引领者、朝圣者。

生活是人存在的界域，生活的元素是诗人思想的本质或载体，诗人进行文学形式的创造、文字形式的构建，其基本材料都来源于生活的赐予或者生活的本身。侯燕的诗正是立足于生活的大地之上，展现高于九霄凌云的诗心、诗胆、诗魂，不是一味地阐释生活的意义，而是精心表达生活的意味，临拓生活的艺术。

在这里摘她一些句子，供大家品读吧："……何必把爱／托给圆月／那丰满含情的折射／曾刺痛了／多少黯然伤神的目光"。（《致友人》）诗人把肺腑忠言刻在纸上，把爱的真谛教给友人，爱不是假想，更不是假设。爱可以是诗句，但绝不是诗的本身。爱是一种发自内心的渴求，不是仰望明月寄托相思的虚无……

"……我。如佛净化／美丽的思绪／似乎在一生的等待中／随雪飘扬"。（《桃花傲雪》）傲雪桃花新春绿，雪欺桃花香四飘。桃花如佛，似乎等待与不能对峙事物的较量。淡然一对，季节到了，桃花香溢愿同白雪飞扬，这是多么阔大的精神物境。悲哀的人还再悲哀吗？卑微的思想瞬间长成一道傲雪的桃林。

"……邀月为客／邀风为琴／谁家的鞭炮惊跑了佳人／这十五的月亮／一颗玫瑰之心"。（《天涯共此时》）这句子美得让人心悸。在那个时刻，月上中天，普照天宇，诗人浪漫地邀月做客，最后峰回路转，这为客的月亮早已化作一颗火红的玫瑰，一颗玫瑰之心在红火火、鲜活活地跳跃，引人入胜，领人遐思，温暖此时的天涯。

"……不朽的情节里／长不出宜人的翠绿／弯月如钩／相互伫望而清瘦"。（《美丽的忧伤》）这是一首以爱开篇的诗章，诗人以淡淡的对望，将大爱诠释得如此凄美惊艳，把现实的已经虚化为超浪漫主义的镜头定格。是呀，一弯如钩的冷月下，两份相思，把爱伫望，两人双双瘦，对蝶齐齐飞。诗人笔下的情真爱切，意寓长天。

"……我／拾一片落叶／寻找来年复苏的脉搏"。（《一棵树在秋季》）从一片落叶的飘飞角度切入，虽然这秋天的树已经凋零，但是春天的讯息早已储藏在树叶的脉搏里，准备着来临，诗人运用一种具有后现代意识的手法，糅融于现代节奏和语言特别的表现力，来表达寄托与追求的神态。

当然，读侯燕的诗，也有梗结的地方。这是一些传统意识与诗歌奔放的较量，不得缓急的症结表象。特别在她抒发爱的诗中，表现得更为淋漓尽致。正如树叶属于春天，也属于秋天的模式。

诗人不故作痛苦来吟唱人间冷暖，也不故弄玄虚夸张对生命的感悟，当然娓娓道来的确是心语独白，还以唐宋古韵的大架填上她所觉悟的新词。当然，我读得出她在新诗旧写的创作过程中，笔触的稚嫩，词牌格律可能不够严谨，抑扬平仄不够严格。但是，所有的尝试都是喜悦与成功的开始。

《侯燕诗歌精选》一书，收录了几位老师的诗歌评论。我读过了，各有千秋，各有持重，各有各的道理。单从诗歌理论形态来讲，我不是行家，略知一二，自然浅显。我读侯燕的诗，写我的读书心得，是我对侯燕诗歌的认同和对诗的觉醒。

读这册诗选，我沉浸在阅读和朗诵的愉快中，更愿侯燕的诗歌再上琼楼！

摘自网络

2012-6-20

刚柔相济的情感之光

——《侯燕诗歌精选》读后

◎ 唐振良

我读侯燕的诗，感慨颇深。早于二十年前就在《黄河》《大众诗歌》《山西文学》等省内杂志上零星读过她的诗，感觉其透着女性的细腻，又宣写着情感的率真，走的是一条大众化诗歌创作道路。集中读侯燕的诗，缘于 2009 年 6 月得到一本侯燕姐从孝义邮寄来的《侯燕诗歌精选》。书看过很长时间了，几次想动笔写下一点东西，终因"工作忙碌"与天性懒惰竟一拖几年。岁月匆匆，心里总觉像欠下一笔债似的，难以平静。当然不是诗人侯燕要我写出什么评论文字，而是我自觉有愧读诗时的那一刻心灵感动。

侯燕的诗，清新淳朴。开篇就是一种旖旎透明的境界，"阳光照在黄河水面／清晰了风的足迹／一层层涟漪／带动思绪飞翔"，（《黄河古道》）那一种细腻之情，仿佛能滤清黄河波浪的纹理。"一层层涟漪"与心湖相映，一任腾飞的思绪沿黄河古道纵横漫开……她写春天的诗语言明快、简洁，如春燕啄新泥，声声暖人——"车窗外的小雨／加重着春天的呼吸"，（《春天的约会》）给人带来一种慷慨的美感。

春雨贵如油，清明时节雨纷纷，天街小雨润如酥，一种湿漉漉的情怀，一种湿溜溜的感觉，能使心中美好的事物、美好的景象全然复活。"出来走走吧，儿时的伙伴／让春风将你纷乱而稀疏的头发／梳理一下，开启你的心门／春天来了，春风开始走动／冰雪消融，燕子返乡／草木，由枯而荣"，寥寥几笔，把一个春天写得活灵活现，更是把一种飘溢的青春写得激情飞扬，那一种清朗而晴和的心胸，坦荡磊落，一览无余……

我不知道她是不是出身农村，但她对土地的感悟和对庄禾的痴情绝对入木三分。从《豆角穰》那首诗，我感到了诗人热爱生活，感受生活的不一般的情怀——"缘着玉米强健而丰满的躯体／攀附／让所有的缠绵／通过一条笔直的路／洒在这绿色的梦里"，对生活的观察是那样细致入微，对情感的体验是那样酣畅淋漓。你仿佛能看到一望无边的绿色的庄禾——青纱帐叶子沙沙响，那豆角穰上的豆荚也在风中摇响着，9月初的平原上，绿海涌浪，一派丰收的场景。这首《豆角穰》让我想起了舒婷的《致橡树》："我必须做你身旁的一株木棉／作为树的形象和你站在一起／……／我们分担寒潮、风雷、霹雳／我们共享雾霭、流岚、虹霓／仿佛彼此分离／却又终身相依"……而它——豆角穰，"为了由来已久的心事／默默地攀缘上升"，绝不似攀缘的凌霄花，"借你的高枝炫耀自己"，那是一腔真挚深沉的爱和矢志不移的情呀——不是吗？"那一缕缕的情丝哟／随风摇曳的痴痴醉醉"。

侯燕诗的语言内涵丰富，如珠贝频频闪亮，却也不时爆发出刚强。这可能与她生命中有一段当兵的岁月密不可分。每读到这些诗句我就奢望，看见一张军中的丽照，找回燕子早年的情愫。雄浑、哲思与美的意境，融会成她的诗歌的语言："从十八岁起／就用军人的步伐／丈量人生的纬度／用耀眼的领章帽徽／提炼血液的纯度"。（《军号嘹亮》）这是多么骄傲的岁月，酿成了高贵的品质！这是一种大美的意境，激动了诗人的思维，便快速分娩出一气呵成的诗行——缜密、天衣无缝。"无论何时／只要想起／栉风沐雨的双脚／就能踏响军号之音／嘹亮生活"。（《军号嘹亮》）这种时刻不忘"我是一个军人的自豪"，其正直的气质与激越的情怀可见一斑。我想起了自己第一次坐过飞机后，时常和天空有一种特殊的亲近感——"只要在户外／呼吸着清纯的空气／只要仰望天空／看到蓝天、白云或是群星／总幻想自己生出了双翅／挥臂如振翼／肋间起雄风／神情冲过楼房、树影、烟囱与霓虹灯／身子跃上了田野、山峰、城镇与江流／深入天空——"。（唐振良《感悟天空》）二者有着异曲同工的情感之妙。

出奇制胜的美感，带来了出其不意的效果，是侯燕诗歌最大的优点——如《压缩饼干》"你属于雄性／是登山运动员的生命／高度凝练如古诗／一块储满矿物质的水晶"，继而笔锋一转"我特意把你放置案头／夜夜伴着我澎湃的诗情"，把那一种膨胀——雄性的膨胀、力性的膨胀描绘得淋漓尽致。再如《葵的气节》，整首诗孕育了美的意境，"仰望是一生的事／那无法企及的高度／终生都无法接近／这种执着／比金子更具光泽"，那就是诗人坚强的品格，心灵的写照——痴心不改，矢志不移，志向高洁，忠贞不渝。把葵花追随太阳的足迹、失去太阳的迷茫、太阳出来的辉煌和太阳升起的复活……写得真切感人，"比金子更具光泽"，把一种很平常的东西,用浸过血泪的思维写出来,便很容易引发共鸣。"一生寻寻觅觅／蓦然回首／那昨日的风景／已失去了色彩的艳丽",(《寄三毛》)短短几语,真真切切,揭示了一种人生中的"错过",许是中年的诗人,更感到岁月流逝,许是敏锐的诗人,更懂得生命的真谛。

水滴石穿,非力使然——恒也。诗集中最具特色的是她的爱情诗,柔中见刚,力透纸背。能真切地感悟到女性的柔情与幽情,读出诗人细腻的情感、善良的心怀,令人心生怜悯、心存感激。如《生日快乐》写一个新旧交替的日子里,对伊人的思念,那一种思念之情如此的强烈——"乳白色的电话僵卧在墙角／宽大的房间／容纳不下纷乱的思绪",是啊,宽大的房间,更著孤独寂寞,更著纷乱的思绪,它要把这"宽大的房间"充满呢!不是吗?"街上,川流不息的人群都闪着你的面孔"。(《生日快乐》)"每逢佳节倍思亲",怎奈一个相思了得?才下眉头却上心头。"囚禁的思念是咽下的压缩饼干""敢问夜空之星／何时我的天空灿烂"。(《星夜》)这纯情的、返璞归真的语言,如清水芙蓉,天然雕琢,浩荡一片真情!——不是吗?头顶天空现在就灿烂,但那是一种疏松的灿烂、膨胀的灿烂、想象的灿烂——比翼星星,诗人灿烂著"太多的牵挂"。再如"静静地守着电话／守着一份情感／一份灼热的波澜／期盼一声清脆的声响／扰乱心律／烫红容颜"。(《守》)生动具体,栩栩如生,让我们看到,让我们想象,一位现代闺中少妇守在电话机旁,"一根丝线不停地绕在指间"的那份儿心不在焉,那份儿心猿意马,那份儿含娇带嗔的可爱模样……我想起了王昌龄"闺中少妇不知愁,春日凝妆上翠楼。忽见陌头杨柳色,悔教夫婿觅封侯"的《闺怨》，相比，侯燕诗中的思念是一种无奈，又是一种有幸。这一组诗歌，最是打动人心，尤为一位渴望有异性思念的旅人所羡慕与珍惜。这一份情感，晶莹闪烁，串串珠玉直垂向春风的将来……

集子后面的几首诗，是诗人更早年的作品。从这些短诗中可以看出诗人之诗的雏形，也看到了她的成长过程。字里行间透出诗人早年就拥有卓越的才华，极具诗的灵性——"把一颗心写进诗里／存给岁月／并不期望得到什么／只愿坦露的灵魂能够收获真诚的利息"。（《别无所求》）诗人把自己写诗时那一种无怨无悔的情感和心境记录无遗，她把写诗作为一种自由灵魂的自觉行为，"坦露"了诗人不为名不慕利的性格特征。我想起了自己的"诗观"——"不为是否发表／不管是否得到承认／我甘愿虔诚地记下心灵的呼声"，该是诗心所见略同吧，我想说朋友对你的理解和崇高评价该是你得到的"真诚的利息"吧！"柳丝默默雨沙沙／此地一别即天涯／今生不知相见否／流水无情送落花"，（《赠别》）此虽是诗人早年的一首诗，但它却不会随时间的波涛、岁月的洪流而磨灭它的意境。古来的赠别诗很多，诸如"此地别燕丹，壮士发冲冠。昔时人已没，今日水犹寒"（骆宾王《易水送别》）的悲壮，"渭城朝雨浥轻尘，客舍青青柳色新。劝君更尽一杯酒，西出阳关无故人"（王维《渭城曲》）的豪迈，"千里黄云白日曛，北风吹雁雪纷纷。莫愁前路无知己，天下谁人不识君"（高适《别董大》）的自信，"李白乘舟将欲行，忽闻岸上踏歌声。桃花潭水三千尺，不及汪伦送我情"（李白《赠汪伦》）的感恩等等，但这首诗与它们相比也不失其情感的独到之处，特别后两句"今生不知相见否／流水无情送落花", 一个"今生不知相见否", 凝结了多么深重的离愁别绪呀, 作者却用了"流水无情送落花"——这流水真的"无情"吗? 它只是对人生的一种无可奈何啊!

总之, 侯燕的诗, 真挚细腻, 耐人寻味。好久没有再读到她的诗了, 不知这位钟情于缪斯的诗姐, 又出了新集子没有, 我在心中默默地期盼着她取得更骄人的成绩, 真诚希望不断读到她的新作。"假如才华得不到承认/与其诅咒/不如坚忍/在坚忍中积蓄力量/默默耕耘"——我忽然想到了著名诗人汪国真的诗句, 就让它为这篇文字作结吧, 作为我们在今后创作之路上奋进的号角, 在苦涩而又甜蜜的创作中"把寂寞的诗歌进行到底"。

摘自《吕梁日报》

2009-11-25

灵魂的表白

——对侯燕近作《春天的约会》(组诗)的解读

◎ 张　炯

　　当今社会，读诗的人很少，写诗的人更少之又少。在吕梁山区的一座小县城里，却有这样一位写诗的人，不，应该予之于诗人的头衔，因为她不是单纯地用笔写分行的句子，不是单纯地写心灵感受，她是在写思想，写忠实于自己体验的东西。她就是侯燕。

　　近日读了侯燕的组诗《春天的约会》，我感受颇深。诗人用敏锐的眼光将返乡情景的一个个镜头都摄入自己饱满的诗行里，显得含蓄庄重，耐人寻味。这组诗共有五首，依次写了返乡的心态、返乡的感慨、返乡的沉重、返乡的思念和返乡的幸福。如同五幅画面，剪辑着故乡的人情人世，也剪辑着诗人原汁原味的内心世界，隐约中似有一种辽远而寂寞的声音正在唤醒沉睡已久的灵魂。

　　在《春天的约会》这首诗里，诗人写到"多少年了／不曾近距离倾听／倾听滏阳河的水声／那流动的脉搏／常在我体内汹涌／贯穿我的生命"。离别多年的诗人把故乡（其实，这是诗人的第二故乡。她在那里度过了自己最美好的童年和少年时代，十八岁时才离开那里。那是她成长的地方。）融入自己的血液，在流动的血液里，诗人零距离亲近着"一座城，一条河，一群人"，似乎也在亲近着自己灵魂的栖息地。"我回来了，我回来了／在五月，在春天／激情的翅膀／飞抵魂牵梦绕的小城"。回来的诗人依然那样富有激情，她要用自己宽大的胸怀包容故乡的亲人，还有故乡的一草一木。诗作中，诗人把自己返乡的心态也表露得透明而纯洁，如一面镜子，映射着诗人默默的思恋和无限的温情，"车啊，你慢些，再慢些／让这两行温热的泪／柔和在这万行的雨丝中／让这无限的温情／在万千思绪中沉默"。淡淡的"腌透"的乡情，终于从诗人的眼角边溢出，是那样的无声也是那样的寂静，读之有一种淡淡的愁思驻足在思绪里，它蝉蜕着游子的躯壳，萦绕着回乡人的情感，使人深思，肺腑感叹。

常有漂泊感的诗人，在经历了人事的沧桑和岁月的消磨后，她更多的便是想返回故园，感受曾经的亲情和友情，让浮夸烦躁的心在尘世中小憩一下。于是《返回家园》便注定流淌于诗人的笔下："这激情的翅膀／飞遍每一个角落／这噙满泪水的双眸／抚摸每一寸土地和肌肤／这飘飞的思绪／带着曾经放飞梦想的粉色花季／再一次和着滏阳河的水／一起跳动／把二十六年前的景象／逐渐放大、拉近。"目睹故园的每一寸土地和城市的每一个角落，如抚摸城市的皮肤一样，那么亲切，那么让人心软。诗人的思绪也无端地回归到曾经孕育过自己理想的这片沃土上，对往事也如陈酿老酒在慢慢地飘散，飘散在故园的泥土和空气里。在返乡迫近的那一刻，诗人的双眼似乎看到了故园以往的面貌，耳畔似乎倾听到故园那柔和的乡音。在诗人心里，匆匆流失的时光，她并没有刻意地去埋怨，她把曾经的一切视为一种孕育情感的价值体验，"这流失的岁月／在现实与梦境中返回／惊搅了黑夜的寂静／疼痛和喜悦拌着月光一起流淌／连接着我和诗歌／不断扩展　扩展……"正是这些岁月雕琢着诗人的内心，镌刻着诗人的情愫，使她有理由把生命献给文学花苑中这束瑰丽的鲜花。

在《无题》中，诗人将手中的桨荡向另一个思绪的港湾，在回忆过去的同时，她更多的是面对现实挖掘人类的苦难，"这么多年／不知你凝重的额头／承载着多少事物／不知你忧郁的眼神／饱经多少风霜"。在这个理想色彩逐步淡化、价值取向逐步扭曲的时代，儿时的伙伴陷入了生存压力的泥淖中，当自我价值趋于瓦解时，苦难便反复地在他们的人生中演绎。诗人用自己一双明亮的眼睛洞察这群人，在忧郁的背后更多的是"一声叹息／如风吹动树叶的声音／在我体内上下翻动"。命运注定了这群人的精神家园中必然有一种失意徘徊，我们权且可以想象诗人写这首诗时的心境：感叹中有怜悯，激情中带勖勉。结尾处，诗人把思绪拖回到春天，在春暖花开的日子里，诗人用一句句滚烫的热语奉劝伙伴"出来走走吧，儿时的伙伴／让春风将你纷乱而稀疏的头发／梳理一下，开启你的心门"，毕竟"春天来了／春风开始走动"了，毕竟"冰雪消融／燕子返乡"了，毕竟"草木／由枯而荣"了。

回归故土，就是回归生命的原始状态。在我看来，担任要职的诗人在忙碌而紧张的生活中是很少清闲的。在清闲时，思念故乡使她有一种幸福的满足感。在《幸福时刻》这首诗中，诗人写到"一种凝望／停留在月亮上／看到的是月亮之外的事物",月亮从古至今都是文人笔下遥望故土的寄托者,诗人凝望月亮,也就凝望到故乡的面貌和故乡的亲人,在这样的一种停留状态中,诗人才能感叹故乡是那样的美,美得丰润,美得凄凉。接着诗人写道"一种等待/没有结果/却时常驻扎在心里",凝望明月,诗人开始期待回归故土,但这种期待如一粒干瘪的种子,落在诗人的心坎上,只会生根发芽,却很难结出果实,一切落空后,诗人只能让这种等待之心栖息于渴望中。独在异乡为异客的诗人,已很难听到久违的乡音,在"面对很多事物"时,"一种语言"便"从未发出过声音"。诗人这种花开花落的心境,穿越过黑暗,穿越过黎明,正是这样一种对故乡深深的渴望,才使她真正体会到"无形、无影、无声"的幸福。

　　文学是人学,这一点不无否定。诗歌是文学中的康乃馨,孤芳却不自赏,高傲却不超俗。正如侯燕的诗一样,她总是把笔触向生活,总是对人类面临的共性问题进行深入的体察与领悟,她的诗歌既是十分独特的自我表现,又是刻骨铭心的自我审问。《春天的约会》这组诗,诗人不仅传达了所有游子返乡的心声,并且把这种心声表达到高潮,引起人们普遍的共鸣。我想,对于诗人侯燕来说,或许这就是她创作这组诗所要达到的境界吧!

　　综观这组诗,我们还可以发现,诗人不单是在倾诉故园的人或事,不单是在倾诉自己思恋故园的那份情愫,她是在直面苍茫人世的种种苦难。在精神灵魂的背后,诗人更多的是通过自己以外的世界来拷问与审视自己的灵魂。面对世界与人性的永恒局限,诗人用超越自我的宽容与悲悯之心,去照亮自己与自己以外的幽暗生命,在这个充满活力的季节里去展示自我灵魂中的真善美。从这一点来说，这组诗的创作无疑是成功的。

摘自《吕梁日报》

2006-9-7

捡拾岁月

（后 记）

在中国新诗百年之际，接到山西省作家协会孔令剑先生通知，拟编辑出版"北岳诗库"，以展现我省诗人精品力作，推动三晋诗歌繁荣发展。我是其中之一，深感荣幸。

说实在的，我既高兴，又忐忑不安。不安原因有二：一是近些年来，因多种因素，时间被诸事肢解，创作不多。二是应允写一部长篇纪实文学，精力和时间的确有限。就这样，我每天在既兴奋又紧张中见缝插针地一边整理诗稿一边查阅资料，有时几天都不出门，不下楼，结果颈椎、腰椎突出的问题结伴而来，手臂麻木、肩腰痛困症状日益加重，本来就很有限的时间又被牵引、针灸、理疗等强行霸占，加之婆婆重病，从住院转院到去世，前后将近十个月时间，无暇顾及整理诗稿。

那段时间，的确有点焦头烂额。虽忙却想的事情也多，对人生、生活及生命的意义思考也多，生活的节奏便有意或无意间放慢。今天，诗集整理完毕，虽身心轻松，但躺在床上难以入眠。回望自己的创作历程，许多往事涌上心头。从在部队时为班长手抄《红楼梦》诗词，到复员时图书管理员徐凤伟送我一本《臧克家诗选》；从回乡待分配时期的与书为伴，到1985年的处女作发表；从刚开始的格律体，到后来的现代自由式；从开始发表一首小诗，到后来的组诗发表以及诗集的出版，一幕幕像过电影似的在脑海中闪现，让人辗转反侧，欲罢不能。

与其说我在整理自己的诗作，不如说是我在整理往昔岁月。每首诗都真实地记录了我的生活，我的心路历程和人生感悟，无论是生活的或者是艺术的，都与我融为一体，无法分割。

从1985年一首《楚信》叩响了文学殿堂的门扉，三十多年过去了，从未大红大紫，却也没大起大落，但诗意地栖居从未离开过我的生活，离开过我的孤独守望。虽然这几年写得少了，但只要客观环境适宜，诗意便款款而来，产生对生命的观照，对心灵的感应。它可以跨越时空，不受任何限制，与我相拥，与我共鸣。

之所以把这个诗集取名为《碎片》，是因为我们正处在一个日新月异，科技、数字化不断更新的时代，我们的生活和时间被各种各样的原因切割成碎片，如工作、事业、会议、应酬、网络、健身、家事等等，如此诸多之事切割，脚步不停地行走，不停地赶赴一个又一个场所，有多少人给灵魂预留时间，为心灵放假，关注自己，关注自己的生命呢？诗人就是在这无奈的切割中捡拾时间的碎片，观照自我，观照生命，观照自然。

本书是我发表作品以来其中的部分结集，有些诗是要走心的，也许走心的诗读者是小群体；有些诗是大众化的，需要在抑扬顿挫的韵律中抒发情感，故我挑选了一些朗诵诗。书中唐宋新韵辑所选诗词又进行了修改，不断完善才是追求艺术的真谛。我一直认为，读诗、写诗、诗意地栖居，享受内心的安详与孤独，享受灵魂的自由与飞翔，是人世间最美好的事。历史由碎片穿缀而成，我的瞬间感悟与宁静成诗，一一拾起就是我的岁月。

2018-4-5